Autor _ SHERIDAN LE FANU
Título _ CARMILLA
A VAMPIRA DE KARNSTEIN

Copyright _	Hedra 2010
Tradução© _	José Roberto O'Shea
Título original _	*Carmilla*
Corpo editorial _	Adriano Scatolin, Alexandre B. de Souza, Bruno Costa, Caio Gagliardi, Fábio Mantegari, Iuri Pereira, Jorge Sallum, Oliver Tolle, Ricardo Musse, Ricardo Valle
Dados _	

Dados Internacionais de Catalogação na Publicação (CIP)

L521 Le Fanu, Sheridan (1814–1873).
 Carmilla – A vampira de Karnstein. / Sheridan Le Fanu. Tradução de José Roberto O'Shea. Introdução de Alexander Meireles da Silva. – São Paulo: Hedra, 2010. p.

ISBN 978-85-7715-164-6

1. Literatura Irlandesa. 2. Romance gótico. 3. Literatura de Vampiros. I. Título. II. Le Fanu, Joseph Thomas Sheridan (1814–1873). III. O'Shea, José Roberto, Tradutor. IV. Silva, Alexander Meireles da.

CDU 821.111(41)
CDD 820

Elaborado por Wanda Lucia Schmidt CRB-8-1922

Direitos reservados em língua portuguesa somente para o Brasil

EDITORA HEDRA LTDA.

Endereço _	R. Fradique Coutinho, 1139 (subsolo) 05416-011 São Paulo SP Brasil
Telefone/Fax _	+55 11 3097 8304
E-mail _	editora@hedra.com.br
Site _	www.hedra.com.br
	Foi feito o depósito legal.

Autor _ SHERIDAN LE FANU
Título _ CARMILLA
A VAMPIRA DE KARNSTEIN
Tradução _ JOSÉ ROBERTO O'SHEA
Introdução _ ALEXANDER M. DA SILVA
São Paulo _ 2013

Joseph Thomas Sheridan Le Fanu (Dublin, 1814—*id.*, 1873) foi um dos mais célebres expoentes da literatura gótica irlandesa, ao lado de Bram Stoker e Charles Robert Maturin. Le Fanu pertenceu a uma tradicional família huguenote e foi educado no Trinity College, em Dublin. Tornou-se advogado em 1838, mas abandonou a carreira para se dedicar ao jornalismo. Suas primeiras histórias, reunidas mais tarde nos volumes *The Purcell Papers* (1880), já evidenciavam seu talento no campo da ficção sobrenatural. Sua obra é composta de baladas e textos jornalísticos, quatorze romances e aproximadamente trinta contos. Desse conjunto, além de *Carmilla*, as mais conhecidas e ainda hoje editadas são *Uncle Silas* (1864), *The House by the Churchyard* (1863) e *In a Glass Darkly* (1872), que reúne cinco de suas novelas sobrenaturais, e é considerado o ponto máximo de sua obra. Le Fanu foi um dos mais ativos colaboradores da *Dublin University Magazine*, revista da qual se tornou proprietário e na qual publicou dezenas de contos e novelas. Um dos escritores mais populares do século XIX no Reino Unido, Le Fanu é apontado por muitos críticos como o pai da história de fantasma moderna: suas narrativas desvincularam a ficção sobrenatural das fontes externas de terror, e, concentrando-se nos efeitos psicológicos, ajudaram a fundar as bases da literatura de horror desenvolvida hoje.

Carmilla (1872) exerceu papel chave na elaboração de *Drácula* (1897), sendo considerada a obra que forneceu a Bram Stoker a ideia e a inspiração para escrever seu romance. Contribuiu com vários elementos que se tornaram convenções da literatura vampírica e ajudou a cristalizar o caráter erótico associado ao vampiro, tão explorado depois da publicação desta novela. Alicerçada na rica tradição folclórica do leste europeu e nas primeiras produções literárias sobre o tema, *Carmilla* foi uma das novelas góticas mais populares do século XIX e, desde a filmagem, em 1932, de *O vampiro*, de Carl Th. Dreyer, vem sendo objeto frequente de adaptações para o cinema, superada apenas por *Drácula* em número de filmes.

José Roberto O'Shea é professor titular de Literatura Inglesa da Universidade Federal de Santa Catarina (UFSC). É mestre em Literatura pela American University, em Washington, DC, e doutor em Literatura Inglesa e Norte-americana pela Universidade da Carolina do Norte, em Chapel Hill, com pós-doutorados na Universidade de Birmingham (Shakespeare Institute) e na Universidade de Exeter, ambas na Inglaterra. Publicou diversos artigos em periódicos especializados, além de cerca de quarenta traduções, abrangendo as áreas de história, teoria da literatura, biografia, poesia, ficção em prosa e teatro. Para a coleção de bolso Hedra traduziu *No coração das trevas*, de Conrad, e *Hamlet — 1º in-quarto*, de Shakespeare.

Alexander Meireles da Silva é professor adjunto de Língua Inglesa e Literaturas Correspondentes da Universidade Federal de Goiás (UFG). Possui doutorado em Literatura Comparada (UFRJ) e mestrado em Literaturas da Língua Inglesa (UERJ) e é autor de *Literatura inglesa para brasileiros: curso completo de literatura e cultura inglesa para estudantes brasileiros* (Ciência Moderna, 2005). Especializou-se em literatura fantástica, com várias colaborações sobre o tema publicadas em periódicos e revistas acadêmicas.

SUMÁRIO

Introdução, por Alexander M. da Silva 9

CARMILLA, A VAMPIRA DE KARNSTEIN   37

O primeiro medo 39
Uma hóspede 45
Comparamos impressões 55
Os hábitos da jovem — uma caminhada 65
Semelhança fantástica 79
Estranha agonia 84
A descida 90
A busca 97
O médico 102
Desolado 109
A história 113
Um pedido 119
O lenhador 125
O encontro 131
Sofrimento e execução 137
Conclusão 142

Carmilla, ilustração de Michael Fitzgerald (*The Dark Blue*, 1872)

INTRODUÇÃO

Uma estranha figura caminhava na madrugada pelas ruas mal iluminadas de Dublin nas últimas décadas do século XIX. Apelidada de "o príncipe invisível" pelos moradores da capital irlandesa, ela repetia o seu trajeto costumeiro partindo da sua morada no número 18 da Merrion Square South em direção à redação da *Dublin University Magazine* onde passava horas entre os papéis do seu escritório. Algumas vezes o estranho personagem também era visto entrando em velhas livrarias da região à procura de livros novos e antigos sobre histórias de fantasmas, astrologia e demonologia, assuntos dos quais era não apenas um leitor voraz, mas também um estudioso. De fato, desde a morte da esposa e a consequente reclusão, o mundo sobrenatural tornou-se o único refúgio a partir de onde ele se relacionava com o mundo físico através de suas obras literárias.

ENTRE O NATURAL E O SOBRENATURAL

Joseph Thomas Sheridan Le Fanu nasceu em Dublin, Irlanda, de uma próspera família de origem estrangeira (seus pais descendiam diretamente dos huguenotes — protestantes franceses refugiados). Esse dado é particularmente relevante quando consideramos que os outros dois grandes nomes da literatura gótica irlandesa do século XIX — Bram Stoker (*Drácula*, 1897) e Charles Robert Maturin (*Melmoth, o Errante*, 1820) — compartilhavam com Le Fanu o fato de que os protagonistas de suas obras refletiam muitas vezes um sentimento de inadequação desses escritores quanto a sua posição na sociedade.

A carreira literária de Le Fanu apresenta três períodos que muitas vezes se entrelaçaram. No primeiro, entre os anos de 1838 e 1848 temos o jovem escritor de baladas, canções e contos baseados na história da Irlanda semelhantes aos produzidos à época pelo escocês Walter Scott. Desta fase destacam-se seus contos de estreia "Adventures of Sir Robert Ardagh" e "The Ghost and the Bone-Setter", ambos de 1838 e publicados na *Dublin University Magazine*.

O segundo período foi marcado pelo casamento em 1848 de Le Fanu com Susan Bennett, com quem teve quatro filhos. Nesta fase, destaca-se a produção jornalística de Le Fanu à frente de diversos jornais e periódicos, com destaque para o *Dublin University Magazine*, do qual ele se tornaria editor e dono a partir de 1861. Sua primeira incursão no romance também acontece nesse período através de *The Cock and Anchor* (1850), onde se percebe a influência de Walter Scott na representação da cidade de Dublin do passado. Tudo parecia correr bem até que um grave infortúnio se abateu sobre ele: a morte da esposa, em 1858, abalou profundamente o artista, fechando um ciclo em sua carreira. Ele se tornou um recluso em sua própria casa e suas histórias passaram a refletir um profundo pessimismo.

O último período da carreira literária de Le Fanu foi também o mais profícuo e criativo e marca a fase predominantemente gótica do escritor. Ela teve início com *The House by the Churchyard* (1863) e *Uncle Silas* (1864), dois dos mais conhecidos romances de Le Fanu. A qualidade desta produção literária na época o levou em 1866 a ter sete dos seus contos publicados na revista *All the Year Round*, de Charles Dickens, um dos periódicos mais prestigiados da Inglaterra. Finalmente, em 1872, um ano antes de sua morte, Le Fanu publicou *In a Glass Darkly*. Esta coletânea de contos longos exerceu um profundo impacto na literatura popular nos séculos seguintes ao apresentar o primeiro investigador ocultista na forma do pesquisador alemão dr. Martin Hesselius, o narrador ficcional que guia o leitor nas narrativas fantásticas da obra. A sua influência pode ser sentida, por exemplo, na representação de personagens do romance gótico, como Van Helsing, e nas histórias de detetives, como Sherlock Holmes.

Le Fanu morreu em 1873 de um ataque cardíaco logo depois de completar seu último romance, coincidentemente intitulado *Willing to Die* (Desejando morrer). A morte também levou sua obra ao ostracismo literário, de onde começou a ser resgatado em 1923 pelo também escritor de histórias de fantasmas M.R. James na coletânea *Madam Crowl's Ghost and Other Tales of Mystery*. Hoje seus escritos vêm sendo gradualmente revisitados por novas gerações de leitores, atraindo também a atenção dos círculos acadêmicos que tratam da literatura gótica.

Autor de catorze romances e aproximadamente trinta contos, Le Fanu foi um dos escritores mais populares do século XIX no Reino Unido e é considerado por muitos críticos como o pai da história de fantasma moderna. Essa fama é decorrente do fato de que suas narrativas ajudaram a ficção sobrenatural a se desvincular das fontes externas de terror, passando a focar nos efeitos psicológicos do mesmo. Neste processo suas narrativas criaram a base para a literatura de horror desenvolvida hoje. Mas, indubitavelmente, foi na esfera da literatura vampírica que Le Fanu deixou o seu maior legado, ao criar a mais conhecida obra ficcional sobre vampiros depois de *Drácula*: a novela *Carmilla*.

INTRODUÇÃO

CARMILLA E DRÁCULA: LAÇOS DE SANGUE

Publicada pela primeira vez na forma de folhetim, em quatro edições sucessivas da revista *Dark Blue*, ao longo dos meses de dezembro de 1871 a março de 1872, *Carmilla* é provavelmente a terceira história de vampiro escrita em língua inglesa, sendo a primeira o conto "O vampiro" (1819), de John Polidori, e a segunda, o romance *Varney the Vampyre: or The Feast of Blood* (1840), de James Malcolm Rymer.[1]

No entanto, mais do que pelo ineditismo temático na ficção em língua inglesa, a importância dos trabalhos de Polidori, Rymer e Le Fanu reside no impacto exercido por eles sobre o escritor Bram Stoker na elaboração de *Drácula* — a obra mais influente no desenvolvimento do mito literário moderno do vampiro.

Bram Stoker levou sete anos (1890–1897) na elaboração do seu romance mais conhecido. Neste período, ele entrou em contato com diversos textos que o ajudaram a construir os elementos da narrativa. No entanto, como as pesquisas têm apontado, a ideia inicial de Stoker de escrever um romance sobre vampiros parece ter sido ocasionada por um pesadelo no qual ele viu um homem se levantando do túmulo. Ele havia acabado de ler *Carmilla* e ficou muito impressionado com a força da novela de Le Fanu, principalmente pelas informações contidas na narrativa sobre a tradição folclórica relativa aos vampiros.

Diversos elementos presentes em *Carmilla* foram considerados por Stoker no processo de criação de seu ro-

---

[1] Não levaremos em consideração o conto "The Mysterious Stranger", publicado em 1860 na Inglaterra, na revista *Odds and Ends*, de autoria desconhecida, já que, ao que tudo indica, foi traduzido do alemão. [N. do E.]

mance, o que atesta a força da obra de Le Fanu. Um deles se refere ao espaço da trama. Uma análise dos papéis de trabalho do escritor disponíveis hoje na Fundação Rosenbach, na Filadélfia, mostra na primeira data de registro (8 de março de 1890) que o vampiro de Stoker ainda era chamado de Conde Wampyr, e escrevia para Londres solicitando a visita de um agente inglês ao seu castelo na Estíria, a mesma região da Áustria na fronteira com a Hungria usada por Le Fanu em sua novela. Ainda que no registro seguinte, com data de 14 de março de 1890, a localização do castelo já tivesse mudado para a hoje famosa Transilvânia, na Romênia, a Estíria permaneceria como local do enredo do universo de Drácula em "O hóspede de Drácula".[2]

Muito ainda se debate sobre os motivos que teriam levado Bram Stoker a escrever "O hóspede de Drácula". Publicado após a morte do autor, esta narrativa seria, segundo a viúva de Stoker, o capítulo inicial de Drácula, omitido por questões estruturais do romance. Para muitos críticos, porém, o material não segue o plano do romance, inclusive na questão da ausência da estrutura epistolar característica de Drácula, e, portanto, teria sido concebida pelo escritor como um conto isolado. Independente das razões, acredita-se que "O hóspede de Drácula" foi omitido por Stoker pela sua semelhança direta com Carmilla. Essa relação está presente no fato de que o narrador inglês da história se perde na floresta e chega até as ruínas de um vilarejo. Lá ele encontra uma tumba onde se lê em alemão: "Condessa Dolingen de Graz na Estíria buscou e encontrou a morte, 1801". Abrigando-se no interior da tumba devido a uma forte tempestade, o narra-

---

[2] Traduzido na coletânea *Contos clássicos de vampiro*, trad. Marta Chiarelli (Hedra, 2010).

INTRODUÇÃO

dor percebe que a morta exibe um rosto de maçãs altas e lábios vermelhos que dava a impressão de que ela estava apenas dormindo. Um raio da tempestade atinge a estaca de ferro que atravessava o monumento destruindo o mármore da entrada da tumba e o narrador vê, diante dos seus olhos, a morta levantar-se em chamas e emitir um grito de agonia. Uma narrativa em primeira pessoa sobre uma condessa vampira repousando em uma tumba localizada nas ruínas de um vilarejo abandonado na Estíria devido a ataques de vampiros. As semelhanças são inquestionáveis.

Carmilla também apresentou a Bram Stoker um dos elementos mais conhecidos das histórias de vampiros: a estaca. Antes da novela de Le Fanu não havia nessa literatura uma maneira específica de se eliminar um vampiro. Os vampiros literários das obras inglesas tais como Lord Ruthven ("O vampiro") e Varney (*Varney the Vampyre*), por exemplo, poderiam ser mortos de formas convencionais, mas voltavam à vida quando eram banhados pela luz do luar. A menção do uso deste artefato por Sheridan Le Fanu e de outros elementos relacionados aos vampiros, foi baseada nas pesquisas de documentos que tratavam do folclore do leste europeu, em especial, de textos como *Visum et Repertum* (1732), de Johannes Fluchinger, cirurgião de Regimento de Campo da Infantaria Austríaca; e *Dissertations sur les Apparitions des Anges, des Démons e des Esprits, et sur les revenants, et Vampires de Hungrie, de Bohême, de Moravie, et de Silésie*[5] (1746), de Dom Augustin Calmet, acadêmico católico francês e o mais famoso vampirologista do início do século XVIII.

Visum et Repertum foi a obra que chamou a atenção

---

[5] "Dissertações sobre a aparição de anjos, demônios e espíritos, e sobre os mortos-vivos e vampiros da Hungria, da Boêmia, da Morávia e da Silésia."

da Europa ocidental para os vampiros do leste europeu. Ela se origina de um inquérito instaurado pelo imperador austríaco a respeito dos diversos casos de vampirismo na região da Medvegia, ao norte de Belgrado, numa área da Sérvia então pertencente ao Império Austríaco. Nestes relatos, dezessete pessoas teriam morrido com sintomas de vampirismo em um período de apenas três meses no ano de 1731. Acompanhado de outros dois doutores subordinados, Johannes Fluchinger chegou ao local e tomou contato com um caso de cinco anos atrás de um vampiro chamado Arnold Paole. Em vida, ele havia sido um ex-soldado que afirmava ter sido mordido por um vampiro na Grécia e que, depois de morrer em decorrência de uma queda, teria voltado como um vampiro e aparecido para as pessoas do seu vilarejo. Quando o caixão foi aberto, quarenta dias após o seu enterro, as pessoas constataram que o corpo de Paole estava conservado, seu cabelo e suas unhas haviam crescido e sua aparência era a de uma pessoa recém-enterrada. Diante das evidências, ele foi esfaqueado, decapitado e seu corpo completamente queimado.

Fluchinger ordenou a abertura de quarenta túmulos para o exame dos corpos. Destes, dezessete pessoas apresentaram as mesmas características das encontradas em Arnold Paole. Todos foram, então, esfaqueados e queimados. O cirurgião preparou um relatório detalhado das investigações assinado também por duas autoridades militares e o apresentou ao imperador em 1732. A publicação posterior em alemão transformou *Visum et Repertum* em um *best-seller* e Arnold Paole no vampiro mais famoso do século XVIII. Logo a obra foi traduzida para o inglês e o francês, o que tornou o relato foco de investigações de outros pesquisadores e teólogos da época, dentre os quais se destaca Dom Augustin Calmet e seu *Dissertations...* Nesta obra, que se tornou referência para a criação do vampiro literário nos séculos seguintes, Calmet reuniu o maior número possível de relatos oficiais sobre vampiros da época, incluindo o *Visum et Repertum*, para uma análise racional do tema e, assim, demonstrar seu caráter supersticioso. Ele definiu o vampiro como pessoas que tinham morrido e que depois retornaram de seus túmulos para perturbar os vivos, sugando-lhes o sangue. A única solução neste caso seria localizar a tumba do suposto vampiro, desenterrar o corpo, cortar-lhe a cabeça fora e enfiar uma estaca em seu peito ou queimar o corpo. No entanto, devido à riqueza de detalhes advindos de testemunhas oculares, jornais e textos assinados por autoridades das regiões estudadas, Calmet não pôde concluir de forma decisiva se os casos analisados eram apenas produto de mentes supersticiosas. Tal fato acabou por alimentar o fascínio por estas criaturas na Europa ocidental e capturou a imaginação de artistas e estudiosos do assunto nos anos seguintes. O ceticismo de Calmet mesclado a sua inquietação pela incapacidade de refutação do fenômeno dos vampiros também está presente em *Carmilla* nas palavras da própria Laura, que chama a atenção do leitor para o fato de que ao contrário do que a mente racional pode indicar, as evidências mostram que os vampiros podem existir.

Além do uso da estaca como arma eficaz contra os vampiros, foi também em *Carmilla* que Bram Stoker teve o primeiro contato com a capacidade dos vampiros de se transformarem em animais. Esta característica advém da crença da ligação dos vampiros com os espíritos demoníacos, seres que podiam assumir diversas formas. Em *Drácula*, o conde se transforma em morcego, lobo e em névoa. Na obra de Le Fanu, por sua vez, Carmilla se transforma em gato várias vezes. Aliás, ao contrário do que comumente se pensa, não é o morcego o animal mais ligado ao vampirismo, mas o gato. No folclore relacionado aos vampiros, especialmente na Grécia, acredita-se que se um gato pular sobre um corpo antes do seu enterro, este se transformará em um vampiro.

Sob outros aspectos *Carmilla* se mantém uma obra singular na tradição da literatura de vampiros. A questão do nome é uma delas. Em sua novela, Le Fanu estipula que os vampiros estão destinados a usarem sempre um nome que se não fosse seu nome real, deveria pelo menos não omitir ou acrescentar uma letra sequer que o compõe. Isto é, um anagrama de um mesmo nome, como temos em "Carmilla", "Mircalla" e "Millarca". Ainda que esta convenção não tenha sido adotada em outras produções literárias, o filme *Son of Dracula*, de 1943, faz uso desta característica ao apresentar a personagem do conde Alucard, ou seja, "Drácula" escrito ao contrário.

Os símbolos religiosos cristãos como o crucifixo, a hóstia sagrada e a água benta também não são uma parte fundamental na novela de Le Fanu. Ainda que um padre apareça na narrativa realizando serviços religiosos, ele não acompanha a expedição em busca da tumba da vampira no final da novela. Em vez disso, temos a presença de uma tradição secular com bases folclóricas representada na cena em que um andarilho vende a Laura e a Carmilla dois amuletos feitos de peles e fragmentos de pergaminhos com símbolos cabalísticos. A presença do cristianismo e seus símbolos começa com *Drácula*, devido ao uso por parte de Bram Stoker da crença medieval de que os vampiros tinham conexão com o satanismo. Esse aspecto religioso perdeu espaço à medida que a sociedade contemporânea se secularizou e hoje a secularização é um dos traços recorrentes da literatura de vampiros. Em suas obras, por exemplo, a escritora norte-americana Anne Rice apresenta o vampiro Lestat de Lioncourt como tendo sido ateu antes de sua transformação, razão pela qual se tornou imune aos símbolos cristãos. Já Chelsea Quinn Yarbro apresenta o vampiro St. Germain como um ser cuja existência precede o advento do cristianismo. Desta forma os símbolos cristãos não têm influência sobre ele.

Mas é também no debate sobre a natureza feminina que a novela de Sheridan Le Fanu ainda mantém a sua força. Este aspecto está presente em uma questão central ligada ao universo feminino, historicamente usada no processo de marginalização e perseguição da mulher, e pode ser percebido na possível origem do mito do vampiro nas culturas antigas: a maternidade.

O MISTÉRIO FEMININO

Fonte de rituais, tabus e crenças, a maternidade sempre foi um mistério para o homem. A capacidade de carregar uma nova vida levou a mulher, muito mais que o homem, a ser associada, desde o início da civilização humana, à natureza. Esse vínculo a imbuiu de uma ligação com o mistério, expresso nos dons da profecia, da cura, e também da manipulação de meios para prejudicar outros. Neste processo o homem se definiu como racional e apolíneo, e a mulher como irracional, instintiva, ligada ao inconsciente, ao sonho e à Lua. Essa mesma Lua promoveu a relação da mulher com a noite e a morte. A contradição dela é a contradição de um ser paradoxalmente vinculado à vida e à morte. O perigo oferecido pelo sexo feminino estava representado, por exemplo, no fluxo menstrual.

O sangue expelido pela mulher a marcava como impura. Essa condição a levava a ser vista como possível portadora de males para a comunidade. No próprio folclore brasileiro há diversos tabus relacionados à mulher nessa fase, como a crença de que a menstruada não pode tocar, dar o primeiro leite ou banho em uma criança, tocar em frutos verdes, fazer a cama de recém-casados, auxiliar em batizados, em suma, ela é um poder maléfico a tudo quanto representa ou constitua início de desenvolvimento. Ao mesmo tempo, menstruação e maternidade estão ligadas no folclore do campo, onde se crê que se deve plantar e semear somente na lua crescente, pelo fato de os lavradores acreditarem ser os partos e as menstruações mais frequentes em determinadas fases da lua.

Essa dupla natureza da mulher que dá a vida, mas que pode trazer a morte, é especialmente expressa nas culturas antigas no culto das deusas-mães. A terra nutre a vida mas também é o reino dos mortos sob o solo. Não é por acaso, portanto, que em muitas culturas as mulheres eram as responsáveis pelos cuidados reservados aos mortos por estarem mais ligadas ao ciclo da vida. Elas criam e destroem. Essa dupla face está presente na deusa hindu Kali: a representação mais significativa que os homens criaram do ser feminino a um só tempo destruidor e criador. Uma deusa cuja natureza de mulher fomentou as primeiras representações físicas dos vampiros.

Talvez a característica mais marcante de Kali seja a sua sede de sangue. Suas primeiras aparições datam do século VI em textos religiosos de invocações. Nestes registros ela foi descrita como tendo presas, usando um colar de cabeças humanas e morando perto de lugares de cremação. Ela fez a sua aparição mais famosa no Devi Mahatmya, onde lutou ao lado da deusa Durga contra o

INTRODUÇÃO

espírito demoníaco Raktabija, que tinha o poder de se reproduzir com cada gota de sangue derramado. Quando Durga estava sendo sobrepujada pelo inimigo, Kali apareceu e vampirizou não apenas as duplicatas de Raktabija, mas o próprio demônio. Como outras divindades femininas semelhantes, Kali simboliza a desordem que surge continuamente entre todas as tentativas de se criar a ordem, porque a vida é imprevisível. É o princípio materno cego que impulsiona o ciclo da renovação, mas ao mesmo tempo traz a peste, a doença e a morte. Como as pesquisas antropológicas apontam, essa associação da mulher com a maternidade, o sangue, a vida e a morte são recorrentes entre os povos antigos em problemas relacionados com o parto, e serviram de matéria-prima às primeiras narrativas sobre vampiros, cujos elementos, como veremos, são refletidos em *Carmilla*.

PROTOVAMPIRISMOS:
LILITH, LAMIA, STRIX E LANGSUYAR

A primeira aparição de Lilith aconteceu no épico babilônico Gilgamesh (2000 a.C.) como uma prostituta estéril e com seios secos. Seu rosto era belo, mas tinha os pés de coruja (indicativos de sua vida noturna). Lilith entrou na demonologia judaica a partir das fontes babilônicas e sumérias, e então migrou para o folclore cristão e islâmico. No folclore islâmico, por exemplo, ela é a mãe dos djin, espécie de demônio. Mas é no Talmude hebraico (VI a.C.) que sua história se torna mais interessante ao ser apresentada como a primeira mulher de Adão.

Na narrativa registrada no Talmude, Lilith se desentendeu com Adão sobre quem deveria ficar na posição dominante na hora do sexo. Ela então abandonou o marido e se refugiou em uma caverna no Mar Vermelho. Deus enviou três anjos ao nosso plano com a missão de mandar Lilith retornar ao marido. Neste ponto, as versões divergem. Em uma delas, Lilith teria desobedecido as ordens de Deus e, como consequência, foi amaldiçoada com a morte de seus filhos. Em outra versão, Lilith seduz os anjos enviados para levá-la de volta e gera a raça de demônios que atormentam a humanidade desde então. As narrativas, no entanto, convergem a um mesmo ponto: para se vingar de Deus e de Adão, Lilith passou a sugar o sangue e a estrangular todos os descendentes de Adão enquanto eles ainda eram crianças. Na Idade Média, em particular, todas as complicações relacionadas à maternidade, tais como abortos, dores e sangramentos, eram atribuídos a Lilith e seus demônios. Também se acreditava que caso um homem recém-casado tivesse polução noturna isso seria um sinal da presença da vampira. Para se defender dela os judeus medievais costumavam usar amuletos nos quais se escreviam os nomes dos três anjos enviados por Deus: Sanvi, Sansanvi e Semangelaf.

A maternidade também está por trás de um dos primeiros relatos de vampiros da Antiguidade, representada na criatura chamada Lamia. Quando ainda era humana, Lamia era uma rainha da Líbia que se envolveu com Zeus em mais um dos vários casos amorosos do senhor dos deuses gregos com as mortais. Hera, no entanto, descobriu a traição do marido e destituiu Lamia de todos os seus filhos com Zeus. Em consequência desse ato, ela enlouqueceu e escondeu-se em uma caverna a partir de onde ela começou a atacar todas as crianças, sugando-lhes o sangue e devorando-lhes a carne. Com o tempo, e em virtude de suas ações, ela passou a se transmutar em uma besta hedionda, serpentiforme. A lamia tinha entretanto a capacidade de se transformar em uma bela donzela, com o intuito de atrair e seduzir rapazes para deles se alimentar.

No capítulo 25 do quarto livro de *Vida de Apolônio de Tiana*,[4] produzido por volta do fim do século II da nossa era, Filóstrato faz um relato detalhado sobre como o filósofo Apolônio advertiu seu discípulo Menipo de que a bela donzela por quem ele havia se apaixonado perdidamente e havia decidido desposar era na realidade uma vampira. Diante dos protestos de Menipo, Apolônio compareceu à cerimônia de casamento e, diante dos convidados, enfrentou e desmascarou a lamia. Esta admitiu seus planos e confessou seu hábito de se alimentar "de corpos jovens e bonitos, porque o seu sangue é puro e forte". É interessante mencionar que ainda hoje na Grécia há um ditado popular que diz que se uma criança morre de repente, de causa desconhecida, é porque foi estrangulada por uma lamia. Semelhante à lamia, a *strix* (palavra latina que significa "coruja") era uma mulher da mitologia clássica que podia se transformar em uma ave de rapina voraz e se alimentar da carne e do sangue de crianças. Assim como no caso da Lamia, os homens também poderiam ser vítimas da sedução mortal da criatura. Com o passar dos séculos, a lenda da *strix* migrou da mitologia greco-romana para as narrativas da Idade Média, espalhando-se a partir daí pelo mundo ibérico, onde ficou conhecida como "bruxa".

De fato, o vampiro acabou por assumir o lugar das bruxas e feiticeiras no imaginário popular a partir do século XVIII:

[...] há provas de que ao declínio dos julgamentos de bruxaria, impostos de cima pela legislação iluminista da imperatriz Maria Teresa,

---

[4] Traduzido no apêndice de *Contos clássicos de vampiro*, trad. de Marta Chiarelli (Hedra, 2010).

seguiu-se um aumento na crença de vampiros e vampirismo. Os vampiros ofereceram uma explicação sobrenatural alternativa para os infortúnios quando a bruxaria já não se encontrava mais disponível.[5]

Durante o Romantismo inglês a história de Filóstrato serviu de base para o poema "The Lamia" (1819), de John Keats. O jovem poeta inglês, no entanto, usou o tema do vampiro como uma metáfora das relações humanas vendo o relacionamento entre os amantes como uma troca de energias vitais. No poema, a criatura abandona seus poderes em nome do amor que sente pelo amado (chamado aqui de Lucius). Ele, por sua vez, absorve parte dos poderes vampíricos dela, principalmente a beleza. Neste momento Apolônio chega e expulsa a lamia. Sem a presença da amada, Lucius definha e morre.

As narrativas de vampiras vinculadas a problemas de parto, no entanto, não ficaram restritas ao mundo ocidental, fato que mostra a existência de um padrão humano no que se refere ao comportamento de uma comunidade diante de problemas sociais. Uma prova disso está na Malásia, com a lenda da Langsuyar.

A despeito da influência do pensamento indiano e islâmico que tem dominado as práticas religiosas da península da Malásia, os vampiros ainda habitam o imaginário da população daquela região e se manifestam em diversos seres, dentre os quais a Langsuyar tem papel de destaque. Originalmente, essa criatura era uma bela mulher que ao ser informada da morte de seu filho recém-nascido contorceu-se de dor com o choque da perda e criou asas, voando em seguida para as árvores. Desde

---

[5] Para mais detalhes sobre os vínculos do vampirismo com a bruxaria ver *Historical Dictionary of Witchcraft*. Michael D. Bailey (ed.). Lanham, Maryland, and Oxford: The Scarecrow Press, 2003, p. 136.

então, segundo a lenda, ela se esconde e sai para atacar principalmente crianças. A Langsuyar suga o sangue das pessoas por meio de um orifício na garganta e veste uma manta verde. Possui as unhas das mãos prolongadas e longos cabelos negros que descem até o calcanhar. Uma mulher também pode se tornar essa criatura caso ela morra de parto. Para evitar tal destino, uma agulha é enfiada na palma da mão e ovos são colocados entre os braços. Um fato interessante sobre essa criatura é que ela pode se integrar na comunidade, casar-se e ter filhos. Mas elas sempre se alimentam dos filhos dos outros quando caçam à noite. Neste aspecto ela lembra a vampira mexicana chamada de tlahuelpuchi, representada como uma bruxa sedenta de sangue infantil. Essa mesma criatura encontra no Brasil sua equivalente na personagem folclórica cuca, popularizada por Monteiro Lobato como uma feiticeira em forma de jacaré.

Com o passar do tempo e o gradual predomínio da ideologia patriarcal em detrimento de culturas onde a mulher exerce papel central, o mito do vampiro passou a ficar mais associado à transgressão das normas sociais (fundamentadas em um pensamento cristão e, por conseguinte, masculino). Suicidas, vítimas de morte brutal, filhos bastardos ou pessoas excomungadas eram candidatos a se tornarem vampiros.

O LEGADO DE SANGUE EM CARMILLA

Carmilla estabelece um diálogo com as primeiras narrativas sobre as criaturas da noite ao mostrar uma vampira que, semelhante a Lilith, a Lamia e a Langsuyar tem como principal alvo de suas ações crianças e jovens. Na história, Carmilla ataca Laura quando ela tem apenas seis anos de idade. A esse episódio somam-se diversas mortes mencionadas na novela, cujo denominador comum é o fato de as vítimas serem meninas e moças da região onde fica a moradia de Laura e seu pai. Segundo o relato das vítimas, durante o sono elas sentem algo pressionando suas gargantas, impedindo-as de respirar e logo depois vem uma dor aguda no peito como se ele tivesse sido furado por duas agulhas. A descrição desses sintomas encontra paralelo nos relatos da presença de Lilith, Lamia e Langsuyar. Esse mesmo padrão de ataque pode ser encontrado no folclore brasileiro na lenda da Pisadeira, uma criatura feminina cujos ataques noturnos evidenciam a ligação da noite e do sonho com a mulher, como foi mencionado anteriormente.

O ataque de Carmilla a meninas e moças pode ser interpretado como um ataque direto ao futuro da comunidade no sentido de que ao matar pessoas do sexo feminino a vampira priva esse grupo social daquelas responsáveis pela geração de novos membros. Essa leitura é particularmente relevante quando os recém-nascidos são mortos por outras criaturas femininas, que como tais, estão ligadas a instituição da maternidade. A imagem de mulheres assassinas de crianças ocupa um papel central em diversas lendas e contos populares como um dos atos mais hediondos da civilização. Na Antiguidade, a história de Medeia e o assassinato de sua própria prole como retaliação à traição de Jasão foi tema de uma tragédia pelo dramaturgo grego Eurípides. Já nos contos de fada, a bruxa canibal de "João e Maria" engorda as crianças para assá-las em um forno.

Simbolicamente, os bebês estão vinculados à pureza, e representam um elo entre o passado e o futuro. Eles são uma maneira de se alcançar a imortalidade através da passagem natural do sangue. O vampiro subverte esse

INTRODUÇÃO

padrão natural ao buscar a imortalidade da sua existência absorvendo a vida dos seres humanos, valendo-se inclusive do sangue das crianças. Esse simbolismo está presente de forma particular em duas passagens de *Drácula*. Na primeira, no fim do capítulo 3, em um dos momentos mais aterradores do romance, Jonathan Harker acaba de ser salvo das vampiras pelo conde e diante dos protestos das mulheres demoníacas ele lhes entrega um saco onde Harker percebe a presença de uma criança trazida com o propósito de alimentá-las. A segunda cena se encontra no fim do capítulo 13, onde é narrado que, após a estranha morte de Lucy Westenra, algumas crianças da vizinhança passaram a desaparecer misteriosamente durante a noite, sendo encontradas fracas, mas vivas, apenas na manhã seguinte, com ferimentos na garganta semelhantes a mordidas. Como Van Helsing vem a provar, os ataques às crianças são perpetrados por Lucy, agora na sua nova natureza vampiresca. Mas, muito mais do que subverter o conceito de maternidade pela matança de crianças ou de suas futuras mães segundo as lendas de vampiros do sexo feminino, a novela *Carmilla* quebra o discurso patriarcal em relação aos papéis sociais da mulher ao ser, até hoje, a principal obra da literatura de vampiros a abordar a problemática do homossexualismo.

O COMPONENTE SEXUAL

O cinema é pródigo na apresentação do vampiro como um ser sedutor, aristocrático, pronto a envolver a sua vítima para lhe dar um abraço fatal, mesclando prazer e dor. No entanto, a temática sexual sempre esteve presente não apenas no cinema, mas também no mito do vampiro. Santo Agostinho, talvez o mais importante pensador da Igreja Católica, defendeu em seus escritos durante a Idade Média a ideia de que os vampiros não possuíam órgãos sexuais masculinos, sendo portanto essencialmente femininos. Por esta razão essas criaturas femininas precisavam coletar sêmen de homens (como Lilith fazia) para, em seguida, fecundar mulheres adormecidas com o material. Dessa união sairiam novos demônios. Séculos depois, os relatos vampíricos do leste europeu do século XVII também apontavam que, em alguns casos, ao abrir as tumbas, para verificar se o morto era um vampiro, podia ser observado que o órgão sexual do morto estava ereto, sinal da natureza lasciva do vampiro. Essa observação exemplifica a mentalidade popular da época também presente nos relatos de vampiros como o de Arnold Paole comentados anteriormente. O conhecimento moderno sobre o comportamento do corpo humano após a morte mostra que a excitação do vampiro setecentista nada mais era do que uma consequência do inchaço decorrente da decomposição dos órgãos. O crescimento do cabelo e das unhas observados nos cadáveres suspeitos também era uma consequência da permanência, por um certo período de tempo, de algumas funções bioquímicas do corpo.

Para o folclore do leste europeu, no entanto, a sede sexual do vampiro é uma realidade e só é menor que sua sede de sangue. Essa visão não ficou restrita aos contos folclóricos, migrando aos poucos para a arte, como pode ser constatado na Alemanha de fins do século XVIII, local de nascimento da literatura de vampiros com o poema "Der Vampir" (O vampiro) (1748), de Heinrich August Ossenfelder. Meio século depois, em 1797, após outras obras de autores que lidaram superficialmente com o tema, Johann Wolfgang von Goethe lançou o poema

"Die Braut Von Korinth" (A noiva de Corinto),[6] no qual tratou do tema do vampiro de forma mais elaborada, ressaltando o seu elemento sexual. Goethe se baseou no folclore grego para narrar a história da jovem Philinnon, que morreu virgem e retornou da morte como vampira para desfrutar dos prazeres sexuais que não teve em vida. O alvo de seu desejo é Machates, um jovem que estava hospedado na casa de seus pais. Após ser descoberta por seus parentes durante uma de suas visitas, a morta-viva é destruída quando abrem o seu túmulo e queimam o seu corpo. A essa narrativa se somaram outras cujo padrão era o retorno do morto para se encontrar com membros de sua família.

Em "A noiva de Corinto", o uso por parte de Goethe de dois temas caros ao Romantismo — a bela defunta e a mulher fatal — exerceu papel decisivo na introdução do vampiro literário na Inglaterra no início do Romantismo no país, através do poema "Christabel" (1798), de Samuel Taylor Coleridge. Tão relevante quanto isso é o fato de que "Christabel" também criou a temática do relacionamento lésbico-vampírico, da qual *Carmilla* é a obra mais significativa.

DE CHRISTABEL A CARMILLA

Neste poema, a provável fonte de inspiração de Le Fanu para a criação de sua novela, a ponto de existirem críticas que consideram *Carmilla* uma releitura de "Christabel"[7] em prosa, o leitor é apresentado à história

---

[6] Ambos os poemas encontram-se traduzidos no apêndice de *Contos clássicos de vampiro* (Hedra, 2010).
[7] Para uma análise das semelhanças, ver o artigo "Coleridge's 'Christabel' and Le Fanu's 'Carmilla'", de Arthur H. Nethercot. In: *Modern Philology*, vol. 47, n. 1 (Aug., 1949), pp. 32–38.

da jovem Christabel que, em uma noite, encontra na floresta uma mulher ricamente vestida chamada Geraldine, que relata ter sido sequestrada por criminosos. A moça oferece a Geraldine um pouco de vinho para que ela se recupere do episódio violento. Por sugestão da segunda, Christabel se despe ao que é seguida por Geraldine. Neste momento, porém, Christabel percebe a pele velha e seca da mulher e experimenta um transe. As duas se deitam juntas e assim ficam por mais de uma hora em uma cena permeada de elementos eróticos. Ao acordar, Christabel sente um imenso sentimento de culpa, mas não se recorda da aparência decrépita da companheira, ao passo que Geraldine se levanta rejuvenescida. Uma vez levada ao castelo, Geraldine encanta o pai de Christabel enquanto esta tem uma breve rememoração do corpo de Geraldine. Apesar das súplicas de Christabel para que expulse a mulher, Lord Leoline não dá ouvidos à filha e parte do castelo com Geraldine.

É interessante notar que embora o termo "vampiro" não seja mencionado na obra, as características de Geraldine não deixam dúvidas sobre sua natureza. Além do rejuvenescimento após o contato com Christabel, outro aspecto que denuncia a natureza vampírica de Geraldine é o seu banho ao luar quando ela é vista na primeira vez, algo condizente com a tradição literária sobre vampiros no século XIX antes da publicação de *Drácula*. Outro elemento denunciador é o fato de ela se desvanecer quando está prestes a entrar no castelo de Lord Leoline. Com a ajuda de Christabel, que a ampara para entrar no castelo, ela prontamente se recupera. Uma cena que remete à tradição folclórica do impedimento de um vampiro de entrar em uma residência a menos que ele seja convidado por alguém da casa.

ELIZABETH BATHORY: A CONDESSA DE SANGUE

Outra influência, de caráter histórico, deve ser levada em conta na construção do elemento erótico de *Carmilla*. No início do século XVII uma condessa nascida em uma região onde hoje se encontra a República Eslovaca, de nome Elizabeth Bathory, atraiu e matou seiscentas jovens em um período de seis anos com o intuito de usar o sangue das mulheres para manter a sua beleza. A "Condessa de Sangue", como ficou conhecida, usava diferentes métodos para incutir sofrimento nas suas vítimas, dentre os quais, colocar um grupo de garotas dentro de uma gaiola sobre sua cabeça e furar seus pés para, assim, tomar uma ducha de sangue. Apenas quando matou uma nobre da corte para seus propósitos seus crimes foram descobertos. Todavia, devido a sua posição social, a vida de Elizabeth Bathory foi poupada. Ela foi aprisionada pelo resto da vida em um quarto do seu castelo sem porta ou janela para o mundo exterior.

Um relato dos seus assassinatos foi publicado na Europa ocidental em 1720 na mesma época em que o leste europeu vivia uma histeria vampírica. Desde então, a história da Condessa de Sangue passou a ser associada com relatos de vampiros, ainda que não existam evidências de que ela tenha consumido o fluido das jovens.

Como foi mencionado anteriormente, determinadas passagens de *Carmilla* atestam que, durante a construção de sua novela, Le Fanu leu diversas obras relacionadas com o folclore dos vampiros. Neste mesmo sentido, é possível considerar que o escritor irlandês entrou em contato com a história da Condessa de Sangue e a usou como base na elaboração de sua condessa de sangue fictícia. Da mesma forma, especula-se que a história de Elizabeth Bathory tenha sido uma das fontes usadas por Bram Stoker para a mudança do cenário do romance da Estíria, na Áustria, para a Transilvânia, pertencente à Hungria na época de Bathory, onde ela passou boa parte de sua vida.

Mesmo não existindo evidências históricas diretas de lesbianismo por parte de Elizabeth Bathory em relação às suas vítimas, os registros que relatam a condessa mordendo a carne das jovens, a colocação dos corpos semimortos das moças nuas e ensanguentadas dentro de uma banheira na qual Bathory se banhava e o uso exclusivo de sangue feminino nos permite enxergar um elemento homossexual.

***

Independente da fonte, porém, o homossexualismo presente em *Carmilla* é mais uma subversão do papel social feminino dentro do patriarcado. Mais do que pelo ataque à maternidade, conforme foi discutido, é pelo seu homossexualismo que Carmilla é mais perigosa, porque ataca também a função do homem como o centro do universo feminino.

Nessa interpretação, ela não ameaça apenas a geração de novos membros da sociedade, ela ameaça principalmente o status dessa sociedade alicerçada sobre a ideologia masculina heterossexual, que defende o espaço da realização feminina como intrinsecamente ligado ao homem. Essa mesma ideologia pode ser constatada no próprio desenvolvimento da literatura e do cinema de vampiros onde predomina o comportamento heterossexual, ou seja, vampiros atacam sempre o sexo oposto ao qual eles pertencem.

Uma vampira lésbica em pleno século XIX... Tal especificidade na personagem literária de Carmilla continua

INTRODUÇÃO

intrigando os estudiosos. De fato, são múltiplas as interpretações que a obra suscitou entre os críticos. Segundo Jamieson Ridenhour:

[...] *Carmilla* foi lida como uma fábula da sexualidade reprimida (com Carmilla representando o despertar da identidade sexual da própria Laura), como uma metáfora do incesto e da transgressão sexual juvenil, como advertência gótica aos perigos da homossexualidade, como parábola da repressão patriarcal [...]. Outras leituras apontaram para as diferenças étnicas, a demonização da mulher e o fascínio de Le Fanu pelas teorias espirituais de Swedenborg. Os múltiplos significados que os críticos ainda encontram na novela de Le Fanu são a prova de como o conto de vampiro é ele próprio um espelho, refletindo uma imagem obscura do que quer que seja que a sociedade interponha a sua fria superfície.[8]

De fato, o mito do vampiro fascina, porque ele é um ser que vive na sociedade mas está fora do alcance de suas normas. Sua condição de morto-vivo o coloca fora das convenções sociais dos vivos, incluindo a sexual. Os séculos de repressão sexual, motivados principalmente pela ideologia cristã, encontra no vampiro um inimigo que deve ser combatido a todo custo pois ele é o símbolo da liberação dos impulsos mais básicos do ser humano.

Um vampiro heterossexual é, portanto, um vampiro domado pela civilização. *Carmilla* subverte esses limites sexuais porque sabe que o sangue não conhece gênero.

FILMOGRAFIA BÁSICA COMENTADA

Depois de *Drácula*, *Carmilla* foi a obra sobre vampiros mais adaptada para o cinema. A força singular de *Carmilla* na longa tradição dos vampiros literários, sua

[8] Ver Ridenhour, p. x. [N. da E.]

influência e memória ainda se fazem sentir, principalmente no cinema. Três exemplos recentes: está em produção neste momento o longa *Carmilla*, programado para 2011, diretamente baseado na novela. Em *True Blood*, uma das série televisivas de maior audiência nos EUA, o hotel de vampiros em Dallas chama-se Carmilla, e no recente longa-metragem *Lesbian Vampire Killers* (2009), "Carmilla" é o nome de uma das personagens. Esta lista não pretende ser exaustiva e inclui também produções apenas vagamente inspiradas na novela de Le Fanu. O título em português, se houver, é mencionado em itálico, após a seta.

- *Vampyr — Der Traum des Allan Grey* (1932)
  Produzido e dirigido por Carl Theodor Dreyer, este clássico do cinema de horror foi produzido meses depois do *Drácula* de Tod Browning e é considerado a primeira versão cinematográfica de *Carmilla*, ainda que livremente adaptada. → *O vampiro*

- *Et Mourir de Plaisir* (1960)
  Dirigido por Roger Vadim e protagonizado pela sua esposa, Annette Vadim, foi o primeiro filme baseado diretamente na novela e o primeiro a explorar o erotismo subjacente à novela. → *Rosas de sangue*

- *La cripta e l'incubo* (1964)
  Dirigido por Camillo Mastrocinque e estrelado por Christopher Lee, Adriana Ambesi (Laura) e Ursula Davis (Ljuba/Carmilla). Adaptação curiosa, com excelente fotografia, que soube captar a atmosfera gótica da novela.

INTRODUÇÃO

- *Vampire Lovers* (1970)
  Dirigido por Roy Ward Baker e estrelado por Ingrid Pitt. Os cenários deslumbrantes conferem o clima adequado a essa adaptação relativamente fiel. Foi o primeiro de três filmes do estúdio britânico Hammer Films sobre a novela, seguido por *Lust for a Vampire* (1971) e *Twins of Evil* (1971). → *Carmilla — A Vampira de Karnstein*

- *La novia ensangrentada* (1972)
  Dirigido por Vicente Aranda, com Alexandra Bastedo no papel de Carmilla/Mircalla. A versão não censurada foi lançada nos EUA com o título *The Blood Spattered Bride*. Cult com altas doses de vampirismo e horror, e um toque de erotismo lésbico. Uma adaptação muito livre, mas que aborda a questão da opressão sexual masculina.

- *The Hunger* (1983)
  Dirigido por Tony Scott e estrelado por Catherine Deneuve, David Bowie e Susan Sarandon. Embora tenha recebido críticas desfavoráveis à época do lançamento, a sequência de abertura, ao som de "Béla Lugosi's Dead", da banda gótica Bauhaus, é impressionante, carregada de suspense e erotismo. Em uma das cenas mais famosas, Deneuve e Sarandon protagonizam uma longa cena *lesbian chic*, concluída com um banho de sangue. → *Fome de viver*

- *Carmilla* (1989)
  Dirigido por Gabrielle Beaumont e estrelado por Meg Tilly, no papel de Carmilla. Adaptação que prima pela fidelidade, foi produzida para a TV e apresentada no programa Nightmare Classics da Showtime.

- *Outliving Dracula: Le Fanu's Carmilla* (2010)
  Dirigido por Fergus Daly e Katherine Waugh. Documentário irlandês que recebeu o apoio do Arts Council's Reel Art Initiative e examina a influência exercida pela obra de Le Fanu sobre gerações de artistas.

- *Carmilla* (2011)
  Em fase de produção, esta é a mais recente adaptação da novela para o cinema. Dirigida por Paul Wiffen, com Jennifer Ellison e Simone Kaye respectivamente nos papéis de Laura e Carmilla.

BIBLIOGRAFIA

AUERBACH, Nina, SKAL, David J. (ed.). *Dracula*. New York: W.W. Norton & Company, 1997. (A Norton Critical Edition).

BAILEY, Michael D. (ed.) *Historical Dictionary of Witchcraft*. Lanham, Maryland, and Oxford: The Scarecrow Press, 2003.

BARBER, Paul. *Vampires, Burial and Death*. New York: Yale University Press, 1988.

BELLEI, Sergio Luiz Prado. "Definindo o monstruoso: forma e função histórica". In: *Monstros, índios e canibais: ensaios de crítica literária e cultural*. Florianópolis: Insular, 2000, pp. 11–22.

CASCUDO, Luís da Câmara. *Geografia dos mitos brasileiros*. Belo Horizonte: Itatiaia, 1983.

CHEVALIER, Jean, GHEERBRANT, Alain. *Dicionário de símbolos*. Trad. Vera da Costa e Silva, et al. 11 ed. Rio de Janeiro: José Olympio, 1997.

DELUMEAU, Jean. *História do medo no ocidente*. Trad. Maria Lucia Machado. São Paulo: Companhia das Letras, 1989.

DUBY, Georges. *Ano 1000, ano 2000: na pista de nossos medos*. Trad. Eugênio Michel da Silva. São Paulo: Unesp, 1998.

LE FANU, J. Sheridan. *Carmilla*. (ed.) Jamieson Ridenhour. Kansas City: Valancourt Books, 2009.

FERREIRA, Cid Vale (Org.) *Voivode: estudo sobre os vampiros*. São Paulo: Pandemonium, 2002.

GUILEY, Rosemary Ellen. *The Encyclopedia of Vampires, Werewolves and Other Monsters*. New York: Checkmark Books, 2005.

IDRICEANU, Flavia, BARTLETT, Waine. *Lendas de sangue: o vampiro na história e no mito*. Trad. Silvia Spada. São Paulo: Madras, 2007.

SALLES, Ricardo C. "Vampiro". In: *Passeando por Babel: uma viagem pelo fascinante universo verbal do homem*. Rio de Janeiro: Opera Nostra, 1995, pp. 41–46.

MCNALLY, Raymond T. & FLORESCU, Radu. Trad. Luiz Carlos Lisboa. *Em busca de Drácula e outros vampiros*. São Paulo: Mercuryo, 1995.

MELTON, J. Gordon. *O livro dos vampiros: a enciclopédia dos mortos-vivos*. São Paulo: M. Books do Brasil, 2003.

MULVEY-ROBERTS, Marie. (ed.). *The Handbook to Gothic Literature*. New York: NY University Press, 1998.

RICHARDS, Jeffrey. *Sex, Dissidence and Damnation: Minority Groups in the Middle Ages*. London: Routledge, 1995.

SILVA, Alexander Meireles da. *Literatura inglesa para brasileiros: curso completo de literatura e cultura inglesa para estudantes brasileiros*. Rio de Janeiro: Ciência Moderna, 2005.

CARMILLA
A VAMPIRA DE KARNSTEIN

Carmilla, ilustração de David Henry Friston (*The Dark Blue*, 1872)

I

O PRIMEIRO MEDO

NA ESTÍRIA, embora não sejamos, absolutamente, gente importante, residimos num castelo, ou *schloss*. Uma renda modesta, nesta parte do mundo, vai longe. Oitocentos ou novecentos por ano fazem maravilhas. Por mais escassa, a nossa renda nos incluía entre os abastados da região. Meu pai é inglês, e tenho nome inglês, se bem que jamais tenha visitado a Inglaterra. Mas aqui, neste lugar isolado e primitivo, onde tudo é incrivelmente barato, não vejo como mais dinheiro pudesse nos proporcionar mais conforto material, ou mesmo luxo.

Meu pai serviu no exército austríaco; quando se reformou, passou a viver da pensão e do seu próprio patrimônio, comprou esta residência feudal e o pequeno pedaço de terra que a circunda, uma ninharia.

Nada pode ser mais pitoresco ou isolado. A propriedade fica na encosta de uma colina, numa floresta. A estrada, velha e estreita, passa diante da ponte levadiça, que nunca se vê erguida, e do fosso, cheio de percas e cisnes, e flotilhas de lírios brancos boiando na superfície.

Acima de tudo isso o *schloss* exibe a sua fachada de muitas janelas, as torres e a capela gótica.

A floresta se abre numa clareira irregular e pitoresca diante dos portões, e, à direita, uma elevada ponte gótica lança a estrada por cima de um córrego que serpenteia pelas sombras do bosque.

Já disse que o lugar era bastante isolado. Avalie o leitor a verdade disso. Olhando da porta do saguão em direção à estrada, a floresta que circunda nosso castelo se estende por vinte e cinco quilômetros à direita e vinte quilômetros à esquerda. O vilarejo habitado mais próximo situa-se a cerca de onze quilômetros à esquerda. O *schloss* mais próximo, com alguma importância histórica, é o do velho general Spielsdorf, quase trinta quilômetros à direita.

Eu disse "o vilarejo *habitado* mais próximo" porque existe, a apenas cinco quilômetros a oeste, isto é, na direção do *schloss* do general Spielsdorf, uma aldeia em ruínas, com uma velha igrejinha, hoje destelhada, em cuja nave se vê os túmulos em decomposição da ilustre família Karnstein, hoje extinta, outrora proprietária do desolado *château* que, do meio da floresta, contempla as ruínas silenciosas do povoado.

Acerca da causa do abandono desse local impressionante e melancólico, reza uma lenda que, em outra ocasião, haverei de contar ao leitor.

Mas agora devo dizer como era reduzido o número de pessoas que habitavam o nosso castelo. Não vou incluir os criados, nem os agregados que ocupam cômodos nas construções adjacentes ao *schloss*. Ouça e admire-se! Meu pai, o homem mais amável do mundo, mas já envelhecido; e eu, à época dessa história, com apenas dezenove anos. Oito anos já se passaram desde então. Meu pai e eu éramos a família que habitava o *schloss*. Minha mãe, nascida na Estíria, morreu quando eu era criança, mas eu tinha uma bondosa preceptora, que me acompanhou, posso quase dizer, desde a minha infância. Desde que me entendo por gente, posso me lembrar daquele rosto cheio e bonachão — madame Perrodon, nascida em Berna, cujo carinho e generosidade compensavam, para mim, em certa medida, a perda de minha mãe, de quem não consigo me lembrar, pois a perdi muito cedo. A preceptora era o terceiro conviva da nossa pequena mesa de jantar. Havia uma quarta pessoa, mademoiselle De Lafontaine, uma dama que você, leitor, chama, creio eu, de "preceptora de estudos avançados". Mademoiselle falava francês e alemão, madame falava francês e arranhava o inglês, e meu pai e eu falávamos inglês, idioma que praticávamos diariamente, para não esquecê-lo e também por razões patrióticas. O resultado era uma Babel, que costumava provocar o riso dos estranhos, e que não tentarei reproduzir nesta narrativa. E havia também duas ou três jovens, mais ou menos da minha idade, que nos visitavam, às vezes por períodos mais longos, outras vezes, por menos tempo; e eu, de quando em vez, retribuía-lhes tais visitas.

Eram esses os recursos sociais de que dispúnhamos rotineiramente; mas é claro que recebíamos visitas esporádicas de "vizinhos" que moravam a apenas cinco ou seis léguas de distância. Minha existência era, contudo, bastante solitária — disso eu posso assegurá-lo, leitor.

Minhas preceptoras exerciam sobre mim o controle que seria de se esperar de damas sábias, sendo eu uma jovem bastante mimada, sem mãe, e cujo pai permitia que ela fizesse, praticamente, tudo o que desejasse.

A primeira ocorrência, que me produziu na mente uma impressão terrível, a qual, na verdade, jamais se desfez, constitui uma das primeiras lembranças que tenho da vida. Não faltará quem considere o incidente tão banal que não devesse ser aqui registrado. Mas, pouco a pouco, o leitor haverá de constatar por que o menciono. O "quarto das crianças", conforme o aposento era chamado, embora fosse apenas meu, era um salão no andar superior do castelo, com teto elevado, forrado de carvalho. Eu não tinha mais de seis anos, quando acordei certa noite e, olhando em torno de minha cama, não consegui ver a camareira. Tampouco estava ali minha babá; pensei estar sozinha. Não senti medo, pois era uma daquelas crianças felizes, zelosamente mantidas na ignorância em relação a histórias de fantasmas, contos de fadas e todo o tipo de lenda que nos faz cobrir a cabeça quando, de repente, uma porta range, ou o tremor de uma vela quase extinta faz a sombra da perna da cama dançar na parede, aproximando-se do nosso rosto. Fiquei consternada, aborrecida, por ter sido, conforme supunha, abandonada, e pus-me a choramingar, como prelúdio de um tremendo pranto; então, para minha surpresa, vi um rosto circunspecto, mas muito belo, olhando-me ao lado da cama. Era uma jovem, ajoelhada, com as mãos enfiadas sob a coberta. Olhei para ela com um espanto que expressava certa satisfação, e parei de choramingar. A jovem me acariciou, deitou-se ao meu lado e puxou-me para perto dela, sorrindo; acalmei-me deliciosa e prontamente, e voltei a dormir. Acordei com a sensação de que duas agulhas haviam sido enfiadas em meu peito, ao mesmo tempo, e dei um grito. A dama se afastou, com os olhos cravados em mim, escorregou para o chão e, assim pensei eu, escondeu-se embaixo da cama.

Pela primeira vez, senti medo, e gritei com todas as minhas forças. Camareira, babá, arrumadeira, todas chegaram, correndo, e ao ouvir meu relato, atenuaram-lhe a importância, ao mesmo tempo em que faziam tudo para me confortar. Mas, embora fosse uma criança, pude perceber que seus semblantes estavam pálidos, com um estranho ar de ansiedade, e vi quando olharam embaixo da cama, em volta do quarto, embaixo das mesas e dentro dos armários; e a camareira sussurrou para a babá:

— Passe a mão ali na cama, naquela depressão; alguém *se deitou* ali, sem dúvida; o lugar ainda está quente.

Lembro-me que a camareira me afagou, que as três examinaram meu peito, no local em que lhes disse ter sentido as fisgadas, e que disseram não haver qualquer sinal visível de que algo semelhante houvesse acontecido.

A arrumadeira e outras duas criadas responsáveis pelo quarto das crianças passaram a noite em vigília; e desde aquele dia, até eu completar cerca de catorze anos, uma criada ficava sempre comigo no quarto.

Por muito tempo depois desse incidente, senti-me bastante nervosa. Um médico foi chamado; era um homem pálido e idoso. Como me lembro de seu rosto comprido e saturnino, marcado por varíola, e de sua peruca em tom castanho! Durante um longo período, dia sim, dia não, ele aparecia e me ministrava um remédio, que eu, evidentemente, detestava.

Na manhã seguinte em que vi a tal assombração, fui tomada de pavor, e não consegui ficar sozinha, nenhum instante, a despeito da luz do dia.

Lembro-me que meu pai subiu e se pôs de pé, ao lado de minha cama, falando num tom de voz alegre, fazendo várias perguntas à babá, rindo a valer diante de uma das respostas; e lembro-me dele dando um tapinha no meu ombro, beijando-me e dizendo que não tivesse medo, que tudo não passava de um sonho inofensivo.

Não me consolei, pois sabia que a visita da estranha mulher *não era* sonho; e estava mesmo *morrendo* de medo.

Senti um pequeno alívio quando a camareira me garantiu que fora ela quem havia entrado no quarto, me olhado e se deitado ao meu lado, e que eu devia estar entorpecida pelo sono, visto que não lhe reconhecera o rosto. Mas isso, ainda que confirmado pela babá, não me satisfez totalmente.

Lembro-me que mais tarde, naquele mesmo dia, um senhor de aspecto nobre, trajando batina preta, entrou no quarto, acompanhado da babá e da arrumadeira, e se dirigiu, primeiramente, às duas, e depois conversou comigo, com amabilidade. Tinha a fisionomia meiga e gentil, e me disse que todos rezariam; juntou as minhas mãos e pediu-me que falasse, baixinho, enquanto eles rezavam: "Senhor, ouvi as nossas boas preces, em nome de Jesus". Acho que eram essas as palavras, pois muitas vezes as repeti comigo mesma, e, durante anos, minha babá pediu-me que as pronunciasse em minhas orações.

Lembro-me muito bem do semblante atencioso e amável daquele senhor de cabelos brancos e batina preta, enquanto ele, cercado de um mobiliário canhestro que estivera em voga trezentos anos antes, se punha de pé naquele salão tosco, imponente, acastanhado, e lembro-me da luz fraca que penetrava aquela atmosfera sombria através de uma pequena treliça. Ele se ajoelhou, seguido pelas três mulheres, e rezou em voz alta, com uma voz grave e trêmula, durante o que me pareceu ser um longo tempo. Esqueci tudo o que se passou em minha vida antes desse evento, e durante algum tempo após o ocorrido, tudo me parece igualmente obscuro; mas as cenas que acabo de descrever são vívidas como os quadros estanques de uma fantasmagoria[1] cercada pelas trevas.

---

[1] Ilusão de óptica criada pela projeção de luzes em uma sala às escuras, por meio de um fantascópio, por exemplo. [N. da E.]

II

UMA HÓSPEDE

Passo agora a contar algo tão estranho que o leitor vai precisar confiar em mim, para crer na minha história. Não apenas se trata de um relato verdadeiro, mas de uma verdade que eu mesma pude testemunhar.

Era um agradável começo de noite de verão, e meu pai me convidou, conforme às vezes o fazia, para sair em caminhada com ele por aquela linda floresta que, como eu já disse, situava-se diante do *schloss*.

— O general Spielsdorf não poderá nos visitar tão cedo quanto eu esperava — disse meu pai, enquanto caminhávamos.

O general vinha nos fazer uma visita de algumas semanas, e aguardávamos a sua chegada no dia seguinte. Traria consigo uma jovem, mademoiselle Rheinfeldt, uma sobrinha sobre a qual exercia tutela; eu não a conhecia, mas haviam me falado que era encantadora, e eu esperava passar muitos dias felizes em sua companhia. Minha decepção foi maior do que qualquer jovem residente em algum centro urbano ou alguma vizinhança agitada poderá imaginar. A visita e a perspectiva da nova amizade haviam povoado meus devaneios durante semanas.

— E quando ele vai poder vir? — perguntei.

— Só no outono. Só daqui a dois meses, eu diria — ele respondeu. — E fico aliviado, querida, por você não ter conhecido mademoiselle Rheinfeldt.

— E por quê? — perguntei, ao mesmo tempo constrangida e curiosa.

— Porque a pobre jovem está morta — ele retrucou.

— Esqueci de lhe contar, mas é que você não estava na sala quando recebi a carta do general, que chegou hoje à noite.

Fiquei absolutamente perplexa. O general Spielsdorf havia mencionado, na primeira carta, seis ou sete semanas antes, que a jovem não estava muito bem, mas nada parecia indicar que a situação fosse grave.

— Eis a carta do general — ele disse, entregando-me o papel. — Receio que ele esteja passando grande aflição; a carta parece ter sido escrita num momento de transtorno mental.

Sentamo-nos num banco tosco, embaixo de um magnífico conjunto de tílias. O sol estava se pondo, com todo o seu esplendor melancólico, detrás do horizonte silvestre, e o riacho que corre ao lado da nossa casa, e passa por baixo da velha ponte a qual já me referi, seguia seu curso sinuoso em meio a um grupo de árvores nobres, quase aos nossos pés, refletindo na corrente o rubor do céu, cada vez mais esmaecido. A carta do general Spielsdorf era extraordinária, tão veemente e, em alguns pontos, tão contraditória, que precisei fazer duas leituras — a segunda vez, em voz alta, para meu pai; ainda assim, não consegui entender bem o conteúdo, e supus que o sofrimento houvesse perturbado a mente do militar. A carta dizia:

Perdi minha querida filha, muito amada. Nos dias finais da doença de minha querida Bertha não tive condições de escrever-lhe. Até aquele momento, não fazia ideia do perigo que ela corria. Perdi Bertha, e agora sei de tudo, tarde demais. Ela morreu na paz da inocência, e na esperança gloriosa de um futuro abençoado. O demônio que traiu a nossa hospitalidade embevecida foi o responsável por tudo. Achei que estivesse recebendo em minha casa a inocência, a alegria, uma companheira encantadora para a minha falecida Bertha. Deus do céu! Como fui tolo! Agradeço a Deus por minha filha ter morrido sem suspeitar a causa de seu próprio sofrimento. Ela se foi sem perceber a natureza do mal que se lhe acometeu, nem a paixão maldita do agente de toda essa desgraça. Dedicarei à caça e ao aniquilamento desse monstro os dias que me restam. Deram-me esperança de alcançar meu objetivo justo e misericordioso. No momento mal enxergo uma luz que me guie. Amaldiçoo a minha presunçosa hesitação, o meu abjeto sentimento de superioridade, a minha cegueira, a minha teimosia — tudo — tarde demais. Neste momento, não consigo escrever ou falar coerentemente. Estou transtornado. Assim que me recompuser um pouco, pretendo fazer algumas investigações, que talvez me levem até Viena. Em algum momento, no outono, daqui a dois meses, ou antes disso, se eu sobreviver, irei visitá-lo — isto é, se me for permitido; então, contar-lhe-ei tudo o que neste momento não me atrevo a pôr no papel. Adeus. Reze por mim, caro amigo.

Nesses termos foi concluída essa estranha carta. Embora eu não conhecesse Bertha Rheinfeldt, meus olhos marejaram de lágrimas quando soube do acontecido; fiquei assustada, além de profundamente decepcionada.

O sol já havia desaparecido e o crepúsculo se instalado, quando devolvi a carta do general a meu pai.

A noite estava clara e agradável, e nos detivemos ali, especulando os possíveis significados daquelas frases contumazes e incoerentes que eu acabara de ler. O trajeto até a estrada que passa defronte ao *schloss* era de cerca de um quilômetro, e quando nela chegamos, a lua já brilhava. Na ponte levadiça, encontramos madame Perrodon e mademoiselle De Lafontaine, que haviam saído para dar uma volta, sem seus chapéus, e apreciar o raro luar.

UMA HÓSPEDE

Quando nos aproximamos, ouvimos as vozes das duas tagarelando animadamente. Juntamo-nos a elas na ponte levadiça e nos voltamos para admirar a bela cena.

A clareira por onde havíamos caminhado estendia-se diante de nós. À nossa esquerda, a via estreita seguia tortuosa, sob copas de árvores imponentes, e desaparecia em meio à mata densa. À direita, a mesma via atravessa a ponte alta e pitoresca, perto da qual se ergue uma torre em ruínas, que no passado guardava a entrada do castelo; além da ponte, eleva-se uma colina íngreme, coberta de árvores e exibindo nas sombras algumas rochas cinzentas cobertas de hera.

Acima do solo relvado, uma fina camada de névoa, parecendo fumaça, marcava as distâncias com um véu transparente; aqui e ali, enxergávamos o riacho reluzindo tibiamente ao luar.

Cenário mais tranquilo, mais ameno era inimaginável. A notícia que eu acabara de receber tornava a cena melancólica; mas nada poderia perturbar aquela profunda serenidade, ou a glória e a ambiguidade encantadoras do local.

Meu pai, que apreciava o pitoresco, e eu permanecemos em silêncio, contemplando a vastidão abaixo de nós. As duas governantas, de pé logo atrás, discorriam sobre a cena, loquazes em relação à lua.

Madame Perrodon era gorda, de meia-idade, e romântica; falava e suspirava poeticamente. Mademoiselle De Lafontaine, fazendo jus ao pai alemão, supostamente psicólogo, metafísico e algo místico, agora declarava que quando a lua reluzia assim tão intensamente, era sabido que indicava alguma atividade espiritual extraordinária. O efeito da lua cheia, com todo aquele brilho, era múltiplo. Atuava sobre os sonhos, atuava sobre a loucura, atuava sobre os aflitos; exercia influências físicas fantásticas sobre a vida. Mademoiselle contava que, numa noite dessas, um primo, marinheiro de um navio mercante, depois de cochilar deitado de costas no tombadilho, com o luar refletindo-lhe diretamente no rosto, havia despertado de um sonho no qual uma velha lhe arranhava a face e ficara com o rosto horripilantemente repuxado — e a fisionomia do rapaz jamais voltara ao normal.

— Esta noite a lua — ela dizia — está plena de força odílica[1] e magnética... e veja, atrás da senhora, todas as janelas do *schloss* brilham e cintilam com esse esplendor prateado, como se mãos invisíveis houvessem acendido luzes nos quartos, para receber convidados feéricos.

Quando nos encontramos em estados de espírito indolentes, sem disposição para falar, agrada aos nossos ouvidos apáticos a conversa de terceiros; e permaneci em contemplação, contente com o tilintar do diálogo das duas mulheres.

— Esta noite estou num daqueles meus soturnos estados de ânimo — disse meu pai, após um período de silêncio, e citando Shakespeare que, para preservarmos nosso domínio da língua inglesa, ele costumava ler em voz alta, acrescentou:

> Garanto que não sei por que estou triste;
> A tristeza me cansa, como a vós;
> Mas como a apanhei ou contraí...[2]

---

[1] O barão Karl von Reichenbach (1788-1869), químico alemão, acreditava na existência de uma força oculta da natureza (*od*) que se manifestava através do magnetismo, do hipnotismo, de reações químicas, entre outros fenômenos, os quais podiam ser detectados por pessoas sensíveis. [N. da E.]
[2] Citação inexata de *O mercador de Veneza*, ato I, cena I, de Shakespeare. Ver Ridenhour, nota 1, p. 10. [N. da E.]

Esqueci o resto. Mas sinto que uma grande infelicidade paira sobre nós. Acho que a carta aflita do pobre general tem algo a ver com isso.

Naquele momento, o insólito ruído de rodas de uma carruagem e de cascos de vários cavalos batendo no leito da estrada chamou a nossa atenção.

O som parecia oriundo da elevação que ficava além da ponte levadiça, e, naquele ponto, logo surgiu o cortejo. Primeiro, dois cavaleiros cruzaram a ponte; em seguida, apareceu uma carruagem puxada por quatro cavalos, e outros dois homens cavalgavam atrás.

Parecia se tratar do veículo de alguma pessoa importante; prontamente, fomos absorvidos por aquele raro espetáculo. Logo depois, a cena ficou ainda bem mais interessante, pois, assim que a carruagem ultrapassou o ponto mais elevado da ponte, um dos cavalos da frente, assustando-se, espalhou pânico entre os demais e, depois de uma ou duas investidas, as parelhas partiram num galope ensandecido, passando entre os dois cavaleiros que vinham à frente, e ribombando estrada abaixo em nossa direção, velozes como o vento.

A comoção da cena tornou-se mais dorida em consequência dos gritos límpidos e prolongados de uma voz feminina à janela da carruagem.

Todos nos adiantamos, movidos por curiosidade e medo — meu pai em silêncio, os demais emitindo exclamações de pavor.

Nosso suspense não durou muito. Logo antes da ponte levadiça, à beira da estrada pela qual os visitantes chegavam, existe uma tília magnífica, e do outro lado, há uma velha cruz de pedra; ao avistarem a cruz, os cavalos, agora numa velocidade simplesmente terrível, deram uma guinada, fazendo com que uma das rodas da carruagem passasse por cima da raiz da tília.

Eu previ o que aconteceria. Cobri os olhos, sem coragem para encarar a cena, e virei o rosto para o lado; naquele instante, ouvi o grito das minhas duas governantas, que haviam se adiantado um pouco.

A curiosidade me fez abrir os olhos, e o que vi foi um cenário de total pandemônio. Dois cavalos estavam no chão, a carruagem havia tombado, duas rodas no ar; os homens ocupavam-se em remover os arreios, e uma senhora, com semblante e porte imponentes, recém-saída da carruagem, de mãos postas, levava um lenço ao olhos, com gestos repetidos. Uma jovem, aparentemente sem vida, era agora retirada do interior da carruagem. Meu querido pai, chapéu na mão, já estava ao lado da senhora, evidentemente oferecendo assistência e os recursos do *schloss*. A dama parecia não ouvi-lo, seus olhos nada mais fitando além da jovem frágil que naquele momento era recostada num barranco da estrada.

Aproximei-me; a jovem parecia em estado de choque, mas era visível que não estava morta. Meu pai, que se vangloriava de possuir dotes médicos, acabava de tirar-lhe o pulso e garantia à senhora, que se declarava mãe da jovem, que a pulsação, embora fraca e irregular, era indubitavelmente perceptível. A dama juntou as mãos e voltou os olhos para o alto, como num arroubo de gratidão; mas, em seguida, voltou a se descontrolar, com uma histrionice, penso eu, típica de certas pessoas.

Era o que se costuma chamar de uma mulher vistosa, considerando a idade, e decerto fora bela; era alta, mas não esbelta; trajava veludo preto e parecia um tanto ou quanto pálida, a despeito da fisionomia altiva e autoritária que, naquele momento, mostrava-se estranhamente agitada.

— Já nasceu alguém para sofrer tamanha calamidade? — ouvi a senhora dizer, com as mãos postas, quando me acerquei. — Aqui estou, numa viagem de vida ou morte, na qual perder uma hora talvez signifique perder tudo. Quem poderá prever o tempo necessário para minha filha se recuperar e retomarmos a estrada? Serei obrigada a deixá-la; não posso, não ouso, retardar-me. A que distância, senhor, fica o vilarejo mais próximo? Preciso deixá-la nesse vilarejo; e não verei minha querida, nem mesmo terei notícias dela, até regressar, daqui a três meses.

Puxei meu pai pelo casaco, e sussurrei-lhe, em tom grave, ao ouvido:

— Ah! Papai! Por favor, peça-lhe que deixe a jovem ficar conosco... seria tão bom! Por favor!

— Se a senhora confiar a filha aos cuidados de minha filha e sua boa governanta, madame Perrodon, e consentir que ela seja nossa hóspede, sob minha responsabilidade, até o seu retorno, será para nós uma honra e um dever, e a trataremos com todo o zelo e atenção condizentes com tal confiança.

— Não posso aceitar, senhor; seria abusar de sua bondade e de seu cavalheirismo — disse a dama, extremamente nervosa.

— Ao contrário, a sua anuência nos traria um grande alento, sendo o que ora mais precisamos. Minha filha acaba de passar por uma decepção, devido a um cruel infortúnio que impediu uma visita da qual ela há muito tempo esperava usufruir grande felicidade. Se a senhora confiar esta jovem aos nossos cuidados, o gesto propiciará à minha filha o melhor dos alentos. O próximo vilarejo no seu trajeto fica distante, e não dispõe de uma hospedaria na qual a senhora desejasse alojar sua filha; a senhora não pode permitir que ela prossiga a viagem até esse vilarejo afastado, pois isso seria um risco. Se, conforme a senhora afirma, a viagem não pode ser cancelada, é imperioso separar-se de sua filha esta noite, e em lugar algum poderá fazê-lo com garantias mais honestas de cuidados e afeto do que aqui.

Havia algo tão distinto e mesmo imponente no semblante e na aparência daquela dama, e algo tão encantador em suas maneiras, sem falar daquela escolta impressionante, que qualquer pessoa se convenceria de que se tratava de alguém ilustre.

Àquela altura a carruagem tinha sido desvirada, e os cavalos, animais bastante dóceis, já estavam novamente arreados.

A senhora lançou à filha um olhar de relance, a meu ver, menos afetuoso do que seria de se esperar, levando-se em conta o começo daquela cena; em seguida fez um gesto, chamando meu pai, e afastou-se com ele, dois ou três passos, onde não poderia ser ouvida; dirigiu-lhe a palavra, com uma fisionomia firme e grave, bem diferente daquela com que até então se expressara.

Fiquei surpresa com o fato de meu pai não perceber tal mudança, e também extremamente curiosa para saber do que ela lhe falava, quase ao pé do ouvido, com tamanha seriedade e apuro.

Durante dois ou três minutos, julguei, ela assim permaneceu; então, voltou-se e deu alguns passos até o local onde a filha se recostara, agora amparada por madame Perrodon. A dama ajoelhou-se ao lado da jovem e sussurrou-lhe algo, uma benção, supôs madame Perrodon; em seguida, após um beijo apressado, entrou na carruagem; a porta foi fechada, os lacaios, com suas elegantes librés, posicionaram-se atrás, os cavaleiros que seguiam adiante fizeram uso das esporas, os cocheiros estalaram os chicotes, os cavalos se empertigaram e partiram, num trote marcado que prenunciava novo galope, e a carruagem disparou, seguida com igual celeridade pelos dois cavaleiros da retaguarda.

III
COMPARAMOS IMPRESSÕES

Seguimos com os olhos o *cortège* até que rapidamente desaparecesse de vista, no bosque brumoso; e o som dos cascos e das rodas logo se extinguiu no silente ar noturno.

Nenhuma garantia restou de que a aventura não houvesse sido um momento ilusório, a não ser a presença da jovem, que naquele momento abria os olhos. Não pude vê-la, pois seu rosto se voltava em outra direção, mas ela ergueu a cabeça, evidentemente, olhando em torno de si, e ouvi uma voz muito meiga indagar, em tom queixoso:

— Onde está mamãe?

A boa madame Perrodon respondeu carinhosamente, e acrescentou palavras de conforto.

Então ouvi a jovem perguntar:

— Onde estou? Que lugar é este? — e depois, disse — Não estou vendo a carruagem; e Matska,[1] onde está?

Madame respondeu-lhe a todas as perguntas, até onde era capaz de compreendê-las; aos poucos, a jovem lembrou-se do acidente, e ficou aliviada ao saber que ninguém que estava no interior da carruagem, ou a serviço dela, havia se ferido; e, ao ser informada de que a mãe a deixara ali, e que só voltaria em três meses, chorou.

Eu estava prestes a somar palavras de consolo àquelas expressas por madame Perrodon, quando mademoiselle De Lafontaine tocou meu braço, dizendo:

---

[1] Palavra de origem eslava, diminutivo de "mãe". [N. da E.]

— Não se aproxime; uma pessoa de cada vez é o máximo com que ela consegue interagir neste momento; a menor agitação agora pode ser prejudicial.

Assim que ela estiver confortavelmente deitada, pensei, corro até o quarto para vê-la.

Nesse ínterim, meu pai despachara um criado, a cavalo, em busca do médico, que morava a cerca de duas léguas; e um quarto já estava sendo preparado para receber a jovem.

A estranha agora se pusera de pé e, apoiando-se no braço de madame Perrodon, caminhou lentamente pela ponte levadiça e entrou pelos portões do castelo.

No vestíbulo, a criadagem aguardava para recebê-la, e ela foi conduzida aos seus aposentos.

O cômodo que costumávamos usar como salão de estar tem uma forma alongada, e quatro janelas voltadas para o fosso e a ponte levadiça, com vista para a floresta que descrevi anteriormente.

O salão é mobiliado de carvalho antigo, entalhado, decorado com grandes estantes, e poltronas estofadas de veludo de Utrecht, em tom carmim. As paredes, com imponentes molduras douradas, são forradas de tapeçarias que exibem figuras em tamanho natural, em trajes antigos e extravagantes, e os temas representados são a caça, a falcoaria, quase sempre algo festivo. O ambiente não é tão suntuoso que o impeça de ser bastante confortável; ali tomávamos nosso chá, pois, com seu habitual zelo patriótico, meu pai insistia em incluir a bebida nacional ao lado do nosso café e do nosso chocolate.

Naquela noite ficamos no salão, com as velas acesas, conversando a respeito da aventura recém-ocorrida.

Madame Perrodon e mademoiselle De Lafontaine nos faziam companhia. A jovem estranha mal se deitara e já dormia um sono profundo; e as duas governantas haviam-na deixado aos cuidados de uma criada.

— O que as senhoras acham da nossa hóspede? — perguntei, assim que madame entrou. — O que sabem sobre ela?

— Gostei muito dela — respondeu madame. — Chego a pensar que é a criatura mais bela que já vi; tem mais ou menos a sua idade, e é muito meiga e educada.

— É simplesmente linda — acrescentou mademoiselle, que havia entrado um instante no quarto da hóspede.

— E que voz doce! — aduziu madame Perrodon.

— Depois que a carruagem foi desvirada, vocês notaram que havia uma mulher lá dentro, que não saiu — indagou mademoiselle. — Ela ficou apenas olhando pela janela?

Não, nós não tínhamos visto a tal mulher.

Mademoiselle, então, descreveu uma mulher negra, de aspecto assustador, portando uma espécie de turbante colorido, observando o tempo todo da janela da carruagem, sacudindo a cabeça e rindo e zombando da situação, com um olhar brilhante e arregalado, e os dentes cerrados.

— Vocês repararam a aparência estranha dos lacaios? — perguntou madame.

— Sim — disse meu pai, que acabava de entrar —, uns sujeitos feios, mal-encarados, como nunca vi na vida. Espero que não assaltem aquela pobre senhora na floresta. Mas eram uns pilantras bastante espertos; em poucos minutos, souberam contornar o imprevisto.

— Acho que estavam exaustos, de tanto viajar — disse madame. — Além do aspecto mal-encarado, eles tinham o rosto tão magro, escuro, sombrio. Reconheço que estou

COMPARAMOS IMPRESSÕES

bastante curiosa; mas acredito que a jovem vai nos contar tudo amanhã, se estiver bem recuperada.

— Não acredito que conte — disse meu pai, com um sorriso misterioso, e um pequeno meneio de cabeça, como se soubesse de algo que preferia não nos revelar.

Isso me fez ainda mais curiosa em relação ao que se passara entre ele e a dama de veludo preto, naquela conversa breve e séria que tiveram pouco antes da senhora partir.

Assim que ficamos a sós, pedi-lhe que me contasse. Não foi preciso pressioná-lo.

— Não há por que não lhe contar. Ela expressou certa relutância em nos importunar, deixando a filha sob nossos cuidados, dizendo que a jovem tem saúde delicada, que é nervosa, mas que não sofre de qualquer tipo de convulsão, nem de alucinações, e que, na realidade, é perfeitamente lúcida.

— Que estranho, dizer essas coisas! — interpolei. — Isso era absolutamente desnecessário.

— Em todo caso, *foi isso* que ela disse — meu pai falou, rindo. — E como você quer saber tudo o que se passou, e o que se passou não foi muito, vou lhe contar. Depois ela disse: "Estou fazendo uma longa viagem, de importância *vital*", frisando a palavra, "uma viagem rápida e secreta; voltarei para buscar minha filha em três meses. Nesse ínterim, ela nada dirá sobre quem somos, de onde viemos e para onde viajamos". Foi só isso que ela me disse. Falava um francês perfeito. Ao pronunciar a palavra "secreta", deteve-se durante alguns segundos, com um ar grave, fitando-me nos olhos. Suponho que a questão seja sumamente importante para ela. Você viu como ela partiu às pressas. Espero não ter feito algo tolo, ao assumir a responsabilidade pela jovem.

Da minha parte, fiquei radiante. Ansiava por ver e falar com a jovem, aguardando apenas que o médico me permitisse fazê-lo. Você, leitor, que mora na cidade, não faz ideia da importância do advento de uma nova amizade, no isolamento que nos cercava.

O médico só chegou por volta da uma hora, mas eu não podia ir para a cama e dormir, assim como não podia alcançar, a pé, a carruagem na qual a princesa trajando veludo negro havia partido.

Quando voltou ao salão de estar, o médico trouxe notícias bastante promissoras acerca da paciente. Ela já estava sentada, e a pulsação se mostrava regular; segundo parecia, a jovem havia se recuperado totalmente. Não sofrera qualquer dano físico, e o pequeno impacto causado em seus nervos já fora superado. Eu poderia vê-la, sem causar-lhe mal algum, se o encontro fosse da vontade de ambas; diante de tal consentimento, prontamente, mandei perguntar se ela permitia que eu a visitasse, durante alguns minutos, em seus aposentos.

A criada voltou imediatamente, para dizer que a visita era tudo o que a jovem mais queria.

O leitor pode ter certeza de que não hesitei em me valer de tal permissão.

Nossa hóspede fora alojada num dos aposentos mais belos do *schloss*. Era, talvez, um pouco suntuoso. Uma tapeçaria um tanto lúgubre pendia da parede, diante do pé da cama, estampando Cleópatra com as áspides ao seio;[2] outras paredes exibiam diferentes cenas clássicas, um pouco desbotadas. Contudo, entalhes dourados e variadas cores espalhadas pela decoração do quarto com-

---

[2] Le Fanu parece aludir aqui ao suicídio da rainha egípcia. Como se sabe, no folclore, os suicidas podem voltar como vampiros para assombrar os vivos. Ver Ridenhour, nota 1, p. 17. [N. da E.]

COMPARAMOS IMPRESSÕES

pensavam, plenamente, o aspecto lúgubre da velha tapeçaria.

Velas ardiam ao lado da cama. Ela estava sentada; sua figura esbelta e atraente vestia a camisola leve, de seda, bordada com flores e forrada de tecido acolchoado, que a mãe lhe havia jogado sobre os pés, enquanto ela jazia estirada ao solo.

O que me fez calar e dar um ou dois passos para trás, no momento em que cheguei ao lado da cama e tentei balbuciar um cumprimento? Vou lhe contar, leitor.

Vi, exatamente, o rosto que havia me visitado naquela noite, quando eu era criança, e que se fixara nitidamente em minha memória, e que durante tantos anos me fizera ruminar com tamanho pavor, em momentos em que ninguém suspeitava o que eu estava pensando.

Era belo, lindo; e a primeira vez que o vi, exibia aquela mesma expressão melancólica.

Mas tal expressão, quase instantaneamente, iluminou-se, com um estranho sorriso de reconhecimento.

Seguiu-se um silêncio de quase um minuto, e finalmente *ela* falou; *eu* não tinha condições de fazê-lo.

— Que incrível! — ela exclamou. — Há doze anos, vi seu rosto num sonho, e desde aquela noite seu rosto tem me perseguido.

— Incrível mesmo! — repeti, esforçando-me para dominar o pavor que havia me impedido de falar. — Doze anos trás, seja em sonho ou realidade, *eu* a vi, sem dúvida. Não pude esquecer seu rosto. Trago-o diante dos olhos desde aquela noite.

O sorriso dela tornou-se mais sutil. O que nele havia de estranho desaparecera, e o sorriso e as covinhas daquela face pareciam agora belos e perspicazes.

Senti-me mais segura, e pude prosseguir de acordo

com os ditames da hospitalidade, desejando-lhe boas-vindas, e falando-lhe do prazer que sua chegada inesperada havia causado a nós todos e, em particular, de quanta felicidade aquilo me proporcionava.

Segurei-a pela mão, enquanto falava. Sentia-me um pouco tímida, conforme costuma ser o caso das pessoas solitárias, mas a situação me fez eloquente, até mesmo ousada. Ela apertou-me a mão, colocando a sua sobre a minha, e seus olhos brilharam, no momento em que, cruzando o meu olhar, ela voltou a sorrir e enrubesceu.

Respondeu às minhas boas-vindas com muita graça. Sentei-me ao seu lado, ainda espantada; e ela disse:

— Preciso contar-lhe a visão que tive de você; é tão estranho que tenhamos sonhado, uma com a outra, com tamanha nitidez, que tenhamos nos visto, eu a você, você a mim, como hoje somos, quando ainda éramos crianças. Eu era menina, com cerca de seis anos, quando despertei de um sonho confuso e perturbador, e me vi num quarto, diferente do meu, com paredes forradas de um lambri danificado e escuro, com armários e cabeceiras de cama, e cadeiras e bancos espalhados pelo recinto. As camas me pareciam vazias, e não havia ninguém no quarto, exceto eu; depois de olhar ao redor durante algum tempo, e após admirar um belo castiçal de ferro, com duas hastes, que eu decerto reconheceria, arrastei-me por baixo de uma das camas, a fim de chegar à janela; mas, quando saí debaixo da cama, ouvi alguém chorar, e ainda de joelhos, erguendo os olhos, vi *você*... com toda certeza... *você*, como posso vê-la agora: uma linda jovem, com cabelos dourados e grandes olhos azuis, e lábios... os *seus* lábios... você, assim como você está aqui. Foi o seu rosto que me conquistou; enfiei-me na cama e a abracei; e acho que nós duas pegamos no sono. Acordei com um grito; você estava sentada e gritando. Assustei-me e escorreguei para o chão, e acho que, durante algum tempo, perdi a consciência; quando recuperei os sentidos, estava de volta em meu quarto, na minha casa. Jamais esqueci o seu rosto. Jamais seria enganada por qualquer mera semelhança. *Você* é a jovem que vi.

Então foi a vez de eu relatar a minha visão, e assim o fiz, para o total espanto da minha nova amiga.

— Não sei quem deveria sentir mais medo da outra — ela disse, voltando a sorrir. — Se você fosse menos bonita, acho que eu teria muito medo, mas sendo você como é, e nós duas tão jovens, sinto como se nos conhecêssemos há doze anos, e sinto que já tenho direito a compartilhar a sua intimidade; em todo caso, parece que fomos destinadas, desde a mais tenra infância, a sermos amigas. Pergunto-me se você se sente tão estranhamente atraída por mim como eu por você; nunca tive uma amiga... será que encontrei uma agora? — ela disse, suspirando, e seus belos olhos negros me fitaram com ardor.

A verdade é que meu sentimento em relação à bela estranha era inexplicável. Eu me sentia, como ela disse, "atraída" por ela, mas havia também uma certa repulsa. Nesse sentimento ambivalente, contudo, prevalecia a atração. Ela me interessou e me conquistou; era também absolutamente formosa e indescritivelmente cativante.

Percebi, então, que uma languidez, uma exaustão, sobre ela se abatia, e apressei-me em desejar-lhe boa-noite.

— O médico acha — acrescentei — que uma criada deve ficar ao seu lado esta noite; uma das nossas serviçais já foi designada, e você verá que se trata de uma criatura silenciosa e prestativa.

— Vocês são muito gentis, mas eu não conseguiria dormir; jamais consigo dormir se houver uma acompanhante no quarto. Não vou precisar de assistência... e, vou confessar uma fraqueza, morro de medo de ladrões. Nossa casa foi roubada certa vez, e dois criados assassinados; portanto, sempre tranco a porta. Tornou-se um hábito... e você parece tão amável, que sei que vai me perdoar. Vejo que a porta tem chave.

Ela me apertou em seus belos braços um instante e murmurou ao meu ouvido:

— Boa-noite, querida. É difícil me separar de você, mas boa-noite; até amanhã, embora não cedo.

Ela, então, recostou-se no travesseiro, suspirando, e aqueles olhos atraentes me seguiram, um olhar afetuoso e melancólico, e ela voltou a murmurar:

— Boa-noite, querida amiga.

Os jovens se afeiçoam, e até amam, por impulso. Senti-me envaidecida pelo afeto evidente, embora ainda imerecido, que ela demonstrava por mim. Agradava-me a confiança com que, de imediato, me recebera. Ela demonstrava plena convicção de que nos tornaríamos grandes amigas.

No dia seguinte, voltamos a nos encontrar. Minha companheira me proporcionou muito contentamento — sob vários aspectos.

Sua aparência nada perdeu à luz do dia[3] — sem dúvida, eu jamais vira criatura mais bela, e a lembrança desagradável daquele rosto, conforme se apresentara no sonho, perdera o efeito, desde o instante do inesperado reconhecimento.

Ela confessou ter sentido um impacto semelhante,

---

[3] A esse respeito, reproduzimos aqui a interessante nota de Jamieson Ridenhour: "Carmilla, como todos os vampiros do século XIX, move-se com grande desenvoltura à luz do dia. A ideia de que o sol destrói os vampiros teve início com *Nosferatu*, filme mudo de F.W. Murnau, filmado em 1922, cinquenta anos depois de Carmilla" (Ridenhour, nota 1, p. 20). [N. da E.]

quando me viu, e a mesma leve repulsa misturada com admiração. Agora ríamos juntas do nosso medo passageiro.

IV

OS HÁBITOS DA JOVEM — UMA CAMINHADA

Eu DISSE a você, leitor, que fiquei fascinada por ela, sob os mais diversos aspectos.

Mas alguns não me agradavam tanto assim.

Ela era mais alta do que a média das mulheres. Começo por descrevê-la. Era esbelta, e extremamente graciosa. Exceto que seus movimentos eram lânguidos — *sumamente* lânguidos; é verdade que nada em sua aparência sugeria invalidez. A pele era saudável e viçosa; os traços eram delicados e belamente delineados; os olhos eram grandes, escuros, e brilhantes; os cabelos eram maravilhosos — nunca vi cabelos tão fartos e tão sedosos, sobretudo quando os soltava à altura dos ombros; muitas vezes, apalpei-lhe os cabelos, rindo de alegria e espanto diante do peso da cabeleira. Eram extraordinariamente finos e macios, e exibiam um ardente tom castanho-escuro, com mechas douradas. Eu adorava soltar aqueles cabelos, deixando que as madeixas rolassem, com o seu próprio peso, quando, no quarto, enquanto ela se recostava na cadeira, falando com sua voz meiga e baixa, eu lhe fazia tranças, ou brincava com seus cabelos. Céus! Se eu soubesse!

Eu disse que alguns aspectos não me agradavam. Disse também que a confiança que ela havia me demonstrado me conquistara desde a primeira noite que a vi; mas percebi que ela guardava, em relação a si mesma, à mãe, à sua história pessoal, a tudo o que dizia respeito à sua vida, seus planos, às pessoas, uma discrição sempre alerta.

Talvez eu não estivesse sendo razoável; talvez eu estivesse errada; talvez eu devesse respeitar a promessa solene que a venerável dama de veludo negro impusera a meu pai. Mas curiosidade é paixão incontida e inescrupulosa, e jovem alguma pode suportar, com paciência, que alguém — seja lá quem for — lhe frustre a curiosidade. Que mal havia em me contar o que eu queria tanto saber? Será que ela não confiava no meu bom senso ou na minha honradez? Por que não acreditava em mim quando eu lhe garantia formalmente que jamais revelaria a qualquer mortal uma única sílaba do que me contasse?

Havia uma frieza um tanto precoce, achava eu, na persistência com que ela, com um sorriso melancólico, recusava-se a me revelar o mínimo detalhe.

Não posso dizer que a questão nos levasse a desavenças, pois ela jamais protagonizava qualquer discussão. Evidentemente, era injusto, da minha parte, pressioná-la, até deselegante, mas eu não conseguia deixar de fazê-lo; no entanto, melhor seria não ter insistido.

O que ela me disse, na minha avaliação injusta, somava a... nada, resumindo-se a três revelações vagas:

Primeiro: seu nome era Carmilla.

Segundo: sua família era antiga e nobre.

Terceiro: sua residência ficava no oeste.

Ela se recusava a revelar o nome da família, o brasão, o nome da propriedade em que residiam, e até o nome do país que habitavam.

O leitor não deve supor que eu a importunasse constantemente com essas questões. Eu costumava aguardar algum momento propício, e tinha por hábito insinuar, em vez de instar, minhas indagações. Uma ou duas vezes, é verdade, ataquei de modo mais direto. Mas, a despeito de qualquer tática, o resultado era invariavelmente o fracasso total. Queixas e carícias eram igualmente inúteis. Mas devo acrescentar o seguinte: as evasivas eram enunciadas com melancolia e súplicas tão cativantes, com tantas, e ardentes declarações de afeto e confiança em minha integridade, e com tantas promessas de que um dia eu saberia de tudo, que meu coração não tinha como se sentir ofendido.

A jovem tinha o hábito de me puxar, com seus lindos braços, pelo pescoço, encostar a face à minha, e murmurar em meu ouvido: "Querida, teu coraçãozinho está magoado; não me consideres cruel por obedecer à lei irresistível da minha força e da minha fraqueza; se o teu querido coração está magoado, meu coração selvagem sangra. No êxtase da minha tremenda humilhação, vivo no calor da tua vida, e tu haverás de morrer... morrer, morrer languidamente... na minha. Não consigo evitá-lo; assim como me aproximo de ti, vais te aproximar de terceiros, e tomarás consciência do êxtase dessa crueldade, que contudo não deixa de ser amor; portanto, não queiras saber mais a meu respeito e a respeito da minha família, mas confia em mim com todo o teu espírito".

E depois de pronunciar tal rapsódia, apertava-me num abraço trêmulo, e seus lábios tocavam meu rosto com beijos delicados.

Aquele frêmito e a linguagem que ela utilizava me eram ininteligíveis.

Devo dizer que daqueles abraços ridículos, que não ocorriam com muita frequência, eu ansiava por me livrar; mas minha energia parecia se esvair. As palavras por ela murmuradas soavam em meu ouvido como uma cantiga de ninar, e entorpeciam a minha resistência, levando-me a um estado de transe, do qual eu só me recuperava quando ela baixava os braços.

Aquelas sensações misteriosas me desagradavam. Eu sentia uma excitação estranha e perturbadora, por vezes, prazerosa, mesclada com uma vaga sensação de medo e certa aversão. Quando tais cenas ocorriam, não me vinham à mente quaisquer pensamentos definidos acerca de minha amiga, mas eu tinha consciência de um afeto que se transformava em veneração — e também de um repúdio. Sei que isso é paradoxal, mas não tenho outra explicação para o sentimento.

Escrevo isso, embora passados mais de dez anos, com a mão trêmula, com uma lembrança confusa e horrenda de certos acontecimentos e certas situações relacionados à provação pela qual, inconscientemente, passei — embora traga comigo recordações vívidas e absolutamente nítidas do fio condutor da minha história. Contudo, acho que na vida de todos nós determinadas cenas emotivas, nas quais nossas paixões são provocadas com incontido ardor, destacam-se de outras cenas por serem menos intensamente lembradas.

Por vezes, ao cabo de uma hora de apatia, minha estranha e bela companheira tomava minha mão e a pressionava repetidamente com ternura; nessas ocasiões ela enrubescia levemente, contemplando meu rosto com um olhar lânguido e tórrido, e ofegando tanto que o vestido chegava a ondular. Parecia um ardor de amante; sentia-me encabulada; aquilo era, ao mesmo tempo, detestável e irresistível; com olhos cheios de desejo, ela me puxava para si, e seus lábios quentes cobriam-me de beijos as faces; e ela sussurrava, quase soluçando: "És minha, *serás* minha; tu e eu seremos para sempre uma só". Então, recostava-se na cadeira, cobrindo os olhos com as mãos pequeninas, e eu ficava trêmula.

— Somos parentes? — eu costumava perguntar. — O

que você quer dizer com tudo isso? Talvez eu a faça se lembrar de alguma pessoa amada; mas, não aja assim; detesto isso; eu não a conheço... e não respondo por mim, quando você age e fala assim.

Diante da minha veemência, ela costumava suspirar; em seguida, desviava os olhos e largava minha mão.

No que respeitava essas estranhas manifestações, tentei em vão construir uma teoria satisfatória. Não me pareciam resultar de fingimento ou artimanha. Tratava-se, inequivocamente, de impulsos esporádicos de instinto e sentimento reprimidos. Será que ela, a despeito da afirmação contrária feita pela mãe, era propensa a breves ataques de insanidade? Haveria aqui um disfarce e um flerte? Eu havia lido acerca desse tipo de coisa em velhos livros de histórias. E se algum rapaz enamorado tivesse conseguido entrar na casa, disfarçado, a fim de fazer-me a corte, contando para tal com a assistência de uma senhora aventureira e esperta? Mas havia muitos pontos contrários a tal hipótese, por mais atraente que ela fosse para a minha vaidade.

Eu não podia me gabar de pequenas atenções típicas de galanteios masculinos. Entre os tais momentos apaixonados, havia longos intervalos de atividades corriqueiras, de brincadeiras, de melancolia, quando, exceto pelos olhares plenos de uma melancolia inflamada que me seguiam, era como se eu não existisse para ela. Salvo esses breves períodos de misteriosa excitação, seus modos eram femininos; e havia nela sempre uma letargia bastante incompatível com o metabolismo masculino em estado saudável.

Em certa medida, seus hábitos eram estranhos. Talvez não pareçam tão incomuns para uma mulher da cidade, como é o seu caso, leitora, quanto pareciam para nós, gente do interior. Ela costumava descer bem tarde, de modo geral, só à uma hora; tomava um chocolate, mas não comia. Então, saíamos a caminhar, uma voltinha de nada, mas ela logo ficava exausta e, ou retornava ao *schloss*, ou sentava-se num dos bancos espalhados sob as árvores. Aquela exaustão física não se coadunava com a atitude mental, visto que a conversa dela era sempre animada e brilhante.

Em dados momentos, ela se referia brevemente a sua casa, ou mencionava alguma aventura, ou situação, ou alguma antiga lembrança, menções que sempre prenunciavam uma gente de hábitos estranhos, e descrevia costumes para nós desconhecidos. A partir dessas referências aleatórias, concluí que seu país natal era bem mais distante do que eu inicialmente supunha.

Certa tarde, quando estávamos sentadas embaixo das árvores, passou por nós a procissão de um enterro. Era o funeral de uma bela jovem que eu diversas vezes tinha visto, filha de um dos guardas florestais. O pobre homem caminhava atrás do caixão do ente querido; tratava-se da sua única filha, e ele parecia arrasado. Atrás dele, seguiam camponeses, em fila dupla, entoando um canto fúnebre.

Levantei-me, em sinal de respeito, no momento em que passavam, e cantei com eles o hino alentador.

Minha companheira sacudiu-me, um tanto bruscamente; virei-me para ela, surpresa.

Ela disse, num tom áspero:

— Você não percebe que isso não faz o menor sentido?

— Ao contrário, acho isso muito bom — respondi, aborrecida com a interrupção, e bastante desconcertada, receando que as pessoas que integravam o pequeno cortejo percebessem e se ofendessem com a situação.

Assim sendo, voltei a cantar, prontamente, mas fui mais uma vez interrompida.

— Você está ferindo meus ouvidos — disse Carmilla, quase com raiva, enfiando os dedinhos nos ouvidos. — Além disso, sabe lá se temos a mesma religião? Os seus rituais me magoam; odeio enterros. Quanta bobagem! Ora! *Você* vai morrer... *todos* vão morrer; e todos serão mais felizes quando morrerem. Vamos para casa.

— Meu pai foi até o cemitério com o clérigo. Achei que você sabia que ela seria sepultada hoje.

— *Ela*? Não ocupo minha mente com camponeses. Não sei quem *ela* é — respondeu Carmilla, enquanto seus belos olhos faiscavam.

— É a pobre jovem que imaginou ter visto um fantasma quinze dias atrás, e desde então definhou, até que, ontem, veio a falecer.

— Não me fale de fantasmas. Não vou conseguir dormir, se você ficar falando nisso.

— Espero não se tratar de alguma peste, ou febre, embora assim o pareça — prossegui. — A jovem esposa do porcariço morreu há uma semana; disse que alguma coisa a agarrou pelo pescoço, quando ela estava deitada, e quase a estrangulou. Papai diz que essas alucinações medonhas ocorrem em alguns casos de febre. Ela estava muito bem na véspera. Depois do incidente, esmoreceu, e em menos de uma semana estava morta.

— Bem, o enterro *dela* já ocorreu, espero; e o hino *dela* já foi cantado; e nossos ouvidos não serão mais torturados com esse som horrendo e esse jargão. Isso tudo me deixou nervosa. Sente-se aqui, ao meu lado, bem perto de mim; segure a minha mão; aperte a minha mão, com força... força... mais força.

Havíamos recuado um pouco e chegado a um outro banco.

Ela sentou-se. Sua fisionomia alterou-se de tal maneira que fiquei alarmada e, por um instante, cheia de pavor. O semblante se tornou escuro, e depois terrivelmente lívido; seus dentes e punhos se cerraram, enquanto ela franzia o cenho e apertava os lábios, olhando fixamente para o chão, fitando os próprios pés, e tremendo descontroladamente, como quem sofre de malária. Parecia reunir todas as suas energias, a fim de evitar uma convulsão, contra a qual lutava sofregamente; afinal, emitiu um gemido baixo, espasmódico, e gradualmente o ataque de histeria passou.

— Pronto! É isso que dá, estrangular as pessoas com esses hinos! — ela disse, finalmente. — Abrace-me; abrace-me um pouco. Já está passando.

E, aos poucos, o acesso passou; talvez no intuito de desfazer a impressão lúgubre que o espetáculo me causara, ela se mostrou mais animada e tagarela do que nunca; e assim voltamos para casa.

Aquela foi a primeira vez que presenciei os sintomas da tal fragilidade de saúde mencionada pela mãe de Carmilla. Foi também a primeira vez que presenciei uma demonstração de mau gênio.

Ambas demonstrações passaram como uma nuvem de verão; e somente num outro ensejo, ela me revelaria mais um sinal de irritabilidade. Conto como aconteceu.

Estávamos numa das janelas do salão de estar, quando, atravessando a ponte levadiça, surge pelo pátio a figura de um andarilho que eu conhecia bem. Ele costumava passar pelo *schloss* cerca de duas vezes por ano.

O sujeito era corcunda, e seus traços tinham o aspecto franzino que costuma acompanhar essa deformidade física. Tinha barba preta e pontiaguda, e um sorriso largo que lhe exibia as presas brancas. Seu traje era amarelo-pálido, negro e vermelho, e ele usava incontáveis correias e cintos, de onde pendia todo o tipo de quinquilharia. Às costas, carregava uma lanterna mágica e duas caixas, que continham, conforme eu bem sabia, uma salamandra e uma mandrágora. Esses monstros faziam meu pai rir. Eram confeccionados com partes de macacos, papagaios, esquilos, peixes e ouriços, secas e costuradas com grande esmero, produzindo um efeito impressionante. O corcunda trazia consigo também uma rabeca, uma caixa com truques de mágica, um par de floretes e máscaras penduradas à cinta, além de diversos estojos misteriosos suspensos em volta do corpo, e empunhava um bastão preto com arcos de cobre. Seu companheiro era um cão magro e bravo, que o seguia de perto, mas que estancou diante da ponte, desconfiado, e logo depois começou a uivar horrendamente.

Entrementes, o saltimbanco, chegando ao meio do pátio, tirou o chapéu grotesco e nos fez uma cerimoniosa mesura, cumprimentando-nos num francês execrável e num alemão pouco melhor. Em seguida, sacando a rabeca, começou a arranhar uma alegre melodia, acompanhada de um canto tão animado quanto desafinado, ao mesmo tempo em que dançava com trejeitos ridículos, que me fizeram rir, apesar dos uivos do cão.

Depois disso, aproximou-se da janela, oferecendo sorrisos e saudações, chapéu na mão esquerda, rabeca embaixo do braço; falando com tal fluência que mal lhe permitia respirar, anunciou suas façanhas, os benefícios das diversas artes que colocava aos nossos serviços, bem como as raridades que poderia nos mostrar e o entretenimento que nos proporcionaria, caso assim solicitássemos.

— As senhoritas não querem comprar um amuleto contra o *oupire*[1] que, segundo ouvi dizer, anda solto por essa floresta como um lobo? — ele disse, jogando o chapéu no chão. — Estão morrendo por causa dele a torto e a direito, e tenho aqui um amuleto infalível; basta prendê-lo ao travesseiro, e as senhoritas vão poder rir na cara dele.

Esses tais amuletos eram longas tiras de pergaminho, contendo códigos e diagramas cabalísticos.

Carmilla, prontamente, adquiriu um, e eu também.

Ele olhava para cima, e nós sorríamos para ele, divertindo-nos; ao menos, *eu* me divertia. Os olhos negros e cortantes do corcunda, enquanto ele nos encarava, pareceram detectar algo que lhe despertou por um instante a curiosidade.

De repente, ele desenrolou um estojo de couro, cheio de uma série de instrumentos de aço.

— Veja bem, senhorita — ele disse, exibindo o estojo, e dirigindo-se a mim. — Entre outras coisas menos úteis, professo a arte da odontologia. Que a peste carregue este

[1] *Oupire* é a palavra usada pelos camponeses ao longo da novela para se referirem aos vampiros. Trata-se da variante de origem eslava a partir da qual se cristalizou o termo *vampir* nas línguas ocidentais. Segundo o filólogo Ricardo Salles: "[...] *vampir/upyr*, embora tenha em comum com *nyetopyr* ['o que voa à noite', em russo, palavra formada por *nyeto*, 'noite' + *pyr*, 'pairar'] o elemento *pyr*, neste último o significado é 'voar' e, no primeiro, é 'sustentar-se'. Não há, portanto, nenhuma analogia originária no domínio eslavo entre vampiro e morcego, [...] fenômeno atestado pela primeira vez no século XVIII, na língua francesa. O vampiro, desse modo, é a criatura que se sustenta (*u-/-pyr*, isto é, que paira ao lado) de outra, alusão à sua necessidade de sugar o sangue de suas vítimas para sobreviver". O nosso vocábulo "vampiro" é empréstimo do francês *vampire*, registrado pela primeira vez em 1746. Para mais informações sobre etimologia (e um pouco de história), ver o artigo de Salles, citado na bibliografia. [N. da E.]

cachorro! — ele interpolou. — Cala-te, animal! Uiva tanto que as senhoritas mal podem escutar uma palavra. Vossa nobre amiga, a jovem que está à vossa direita, tem um dente dos mais afiados... longo, fino, pontudo, como uma sovela, como uma agulha. Haha! Com minha vista aguçada, olhando para cima, pude enxergar o dente com nitidez; então, se esse dente incomodar a jovem, e acho que vai incomodar, aqui estou, e aqui estão minha lima, meu furador e meu alicate; posso arredondá-lo e torná-lo menos afiado, se a senhorita quiser; não será mais o dente de um peixe, mas o dente de uma bela jovem, conforme ela é. Então? A senhorita se aborreceu? Fui atrevido? Será que vos ofendi?

A jovem, de fato, parecia bastante zangada, ao recuar da janela.

— Como ousa esse saltimbanco nos insultar assim? Onde está seu pai? Exijo que me peça desculpas. Meu pai mandaria amarrar esse infeliz no tronco, e ele levaria uma surra de chibata e seria marcado a ferro com o emblema do castelo!

Carmilla se afastou da janela mais um ou dois passos e sentou-se; mal o ofensor lhe desaparecera da visão, a fúria diminuiu, com a mesma celeridade com que havia escalado, e ela logo recuperou o tom habitual, parecendo esquecer o corcunda e suas tolices.

Naquela noite, meu pai estava deprimido. Ao chegar em casa, contou-nos que tinha acontecido mais um caso similar aos dois incidentes fatais registrados recentemente. A irmã de um jovem camponês que trabalhava em nossa propriedade e morava a menos de dois quilômetros de distância estava gravemente enferma; afirmava ter sido atacada praticamente de maneira idêntica aos demais casos, e agora definhava.

— Tudo isso — disse meu pai — se deve, exclusivamente, a causas naturais. Essa pobre gente se infecta com suas próprias superstições, e repete, na imaginação, as imagens de horror que infestam os vizinhos.

— Mas uma coisa dessas é capaz de assustar alguém tremendamente — disse Carmilla.

— Como assim? — indagou meu pai.

— Tenho pavor de imaginar que vejo essas coisas; acho que seria tão terrível quanto a realidade.

— Estamos nas mãos de Deus; nada pode acontecer sem que Ele permita, e tudo acaba bem para os que amam a Deus. Ele é nosso fiel criador; Ele nos criou a todos, e de todos nós haverá de cuidar.

— Criador! *Natureza!* — disse a jovem, respondendo a meu amável pai. — E esta praga que assola a região é natural. Natureza. Tudo vem da Natureza... não é? Tudo o que existe no céu, na terra e embaixo da terra opera e vive segundo os comandos da Natureza? Creio que sim.

— O médico disse que viria aqui hoje — disse meu pai, depois de um momento de silêncio. — Quero saber o que ele acha disso, e o que acha que devemos fazer.

— Médicos nunca me ajudaram — disse Carmilla.

— Então, você já esteve doente? — perguntei.

— Você nunca esteve tão doente como eu estive — ela respondeu.

— Faz muito tempo?

— Sim, muito tempo. Sofri exatamente desse mal; mas esqueci tudo, exceto a dor e a fraqueza, e estas não são tão intensas como no caso de outras doenças.

— Você era muito jovem naquela época?

— Era, sim; mas não falemos mais nisso. Você não quer magoar uma amiga, quer? — ela olhou-me nos olhos, com seu ar lânguido, passou o braço por detrás da minha cintura e conduziu-me para fora da sala. Meu pai ocupava-se de alguns papéis, próximo à janela.

— Por que seu pai gosta de nos assustar? — disse a bela jovem, com um suspiro e um leve tremor.

— Ele não gosta de nos assustar, querida Carmilla; nada poderia ser mais alheio à sua intenção.

— Você está com medo, querida?

— Estaria com muito medo, se imaginasse que corro o perigo de ser atacada como essa pobre gente foi.

— Tens medo de morrer?

— Sim, todo mundo tem.

— Mas, morrer como amantes... morrer juntas, para poder viver juntas. Meninas são lagartas enquanto vivem neste mundo, mas se transformam em borboletas quando chega o verão; no entanto, nesse ínterim, há vermes e larvas, você entende? Cada qual com suas propensões específicas, suas necessidades e estruturas. Assim afirma monsieur Buffon[2] no grande compêndio que fica na sala aqui ao lado.

Mais tarde, naquele mesmo dia, o médico chegou, e ficou durante algum tempo com meu pai, a portas fechadas. Era um homem competente, com mais de sessenta anos; consumia rapé e barbeava-se tão bem que o rosto pálido era liso qual uma abóbora. Ele e papai saíram juntos do salão, e ouvi papai rindo, no momento em que surgiram:

— Ora, admira-me ouvir isso de um homem sábio

---

[2] Georges-Louis Leclerc, conde de Buffon (1707-1788), naturalista francês, autor da colossal e influente *Histoire naturelle, générale et particulière*, obra que influenciou Darwin e Lamarck. Curiosamente, em 1760, Buffon deu o nome de "vampiro" a um morcego hematófago originário das Américas do Sul e Central descrito por ele. Eis aí, possivelmente, a origem da lenda que atribui ao vampiro a capacidade de se transformar em morcego. É difícil dizer se Le Fanu tinha essa informação em mente quando cita Buffon nessa passagem. [N. da E.]

como o senhor. Qual é a sua opinião sobre hipogrifos e dragões?

O médico sorriu e respondeu, sacudindo a cabeça:

— Contudo, a vida e a morte são estados misteriosos, e pouco sabemos acerca de suas peculiaridades.

Os dois prosseguiram, e nada mais ouvi. Eu não sabia, naquele momento, do que o médico falava, mas hoje penso que sei.

V

SEMELHANÇA FANTÁSTICA

Naquela noite chegou de Graz, com seu semblante grave e sombrio, o filho do restaurador de pinturas, trazendo consigo uma carroça carregada com dois baús contendo muitos quadros. A viagem compreendia dez léguas, e sempre que chegava ao *schloss* alguém proveniente da nossa pequena capital, Graz, costumávamos cercar o visitante no vestíbulo, para ouvir as novidades.

Essa visita causou grande sensação em nosso ambiente recluso. Os baús foram deixados na estrada, e o mensageiro foi assistido pelos criados, até terminar de cear. Então, acompanhado dos ajudantes, e armado de martelo, pé-de-cabra e chave de parafuso, juntou-se a nós, no vestíbulo, aonde convergimos para vê-lo abrir os baús.

Carmilla observava com indiferença, enquanto um a um, os velhos quadros, quase todos retratos, tendo passado por um processo de restauração, eram exibidos. Minha mãe pertencia a uma antiga família húngara, e a maioria daqueles quadros, agora prestes a retornar aos seus devidos locais de origem, havia chegado até nós por intermédio dela.

Meu pai tinha em mãos uma lista, que ele ia lendo, enquanto o artista procurava os números correspondentes. Não sei se as pinturas tinham qualidade, mas é certo que eram antigas, e algumas eram também bastante estranhas. A maioria, vale dizer, estava sendo vista por mim pela primeira vez, pois a fumaça e a poeira do tempo as havia praticamente obliterado.

— Há um retrato que ainda não vi — disse meu pai. — Num canto superior, aparece um nome, até onde eu conseguia discernir, "Marcia Karnstein", e uma data, "1698"; estou curioso para ver como ficou.

Eu me lembrava desse quadro; era pequeno, com cerca de 45 centímetros de altura, quase quadrangular, sem moldura; estava tão enegrecido pelo tempo que eu não conseguia enxergar o conteúdo.

O artista agora o exibia, com visível orgulho. Era muito bonito e impressionante; parecia vivo. Era a imagem de Carmilla!

— Carmilla, querida, eis um verdadeiro milagre. Eis você, viva, sorrindo, só faltando falar, aqui neste quadro. Não é lindo, papai? E veja a mancha na garganta.

Meu pai riu e disse:

— Deveras, a semelhança é fantástica — mas desviou o olhar e, para minha surpresa, não pareceu impressionado; continuou, então, falando com o restaurador que, de certo modo, era um artista e discorria com inteligência sobre os retratos e outras obras, cuja luz e cores acabavam de ser resgatadas por meio da sua arte; mas *eu* ficava cada vez mais maravilhada, à medida que contemplava a pintura.

— O senhor deixa eu pendurar esse quadro no meu quarto, papai? — perguntei.

— Claro, querida — disse ele, sorrindo. — Fico feliz que você o considere tão realista. Deve ser mais belo do que eu achava, já que é tão fiel.

A jovem não esboçou qualquer reação às palavras elogiosas; parecia nada ter ouvido. Recostava-se na poltrona, contemplando-me com seus belos olhos, sob aqueles longos cílios, e sorrindo como se estivesse em êxtase.

— E agora é possível ler, claramente, o nome que está escrito no canto. Não é Marcia; parece grafado em ouro. O nome é Mircalla, Condessa de Karnstein, acima do nome há um pequeno diadema, e abaixo se lê "A.D. 1698". Eu descendo dos Karnstein; isto é, mamãe descendia.

— Ah! — disse a jovem, com displicência. — Acho que eu também descendo deles, uma descendência distante. Ainda resta algum Karnstein?

— Ninguém que ainda mantenha o sobrenome, acho eu. A família perdeu tudo, creio, em guerras civis, muito tempo atrás, mas as ruínas do castelo ficam a apenas cinco quilômetros daqui.

— Que interessante! — ela disse, letargicamente. — Ora! Veja que belo luar! — acrescentou, olhando através da porta do vestíbulo, que estava entreaberta. — Você não gostaria de dar uma volta pelo pátio, até a estrada e o córrego?

— Esta noite está me fazendo lembrar aquela em que você chegou até nós — eu disse.

Ela suspirou, e sorriu.

Levantou-se e, uma com o braço por detrás da cintura da outra, saímos as duas pelo pátio.

Em silêncio, caminhamos devagar até a ponte levadiça, onde se descortinava diante de nós a bela paisagem.

— Então, estavas pensando na noite em que cheguei aqui? — ela disse, quase sussurrando. — Estás feliz que eu vim?

— Muito feliz, querida Carmilla — respondi.

— E queres um quadro que achas parecido comigo, para pendurar no teu quarto — ela murmurou, com um suspiro, apertando o braço em volta da minha cintura e encostando o belo rosto em meu ombro.

— Como és romântica, Carmilla — eu disse. — Sempre que me contas a tua história, o conteúdo esbanja romance.

Ela me beijou, em silêncio.

— Tenho certeza, Carmilla, que já estiveste apaixonada; que, neste momento, tens o coração comprometido.

— Jamais me apaixonei por quem quer que seja, e jamais me apaixonarei — ela murmurou — a menos que seja por ti.

Como era bela ao luar!

Com um olhar tímido e estranho, apressou-se em esconder o rosto no meu pescoço, entre os meus cabelos, suspirando sofregamente, quase soluçando, e apertando a minha mão com suas mãos trêmulas.

Sua face macia brilhava ao lado da minha.

— Querida, querida — ela murmurou. — Vivo em ti; e morrerás por mim; amo-te demais.

Assustei-me e me afastei dela.

Carmilla me contemplava com um olhar do qual todo o ardor, todo o significado, desaparecera, e sua fisionomia era descorada e apática.

— Não sentiste uma corrente fria, querida? — ela disse, letargicamente. — Estou quase trêmula; estive sonhando? Vamos entrar. Vem, vem; vamos entrar.

— Pareces abatida, Carmilla... um tanto fraca. Estás precisando de um gole de vinho — eu disse.

— Sim, estou mesmo. Já me sinto melhor. Em poucos minutos estarei bem. Sim, vou aceitar uma taça de vinho — respondeu Carmilla, enquanto nos aproximávamos da porta. — Olhemos a paisagem mais uma vez; quiçá será a ultima vez que verei o luar ao teu lado.

— Como te sentes agora, querida Carmilla? Estás mesmo melhor? — perguntei.

Eu começava a me preocupar, com receio de que ela estivesse contagiada pela estranha epidemia que, segundo diziam, grassava em nossa região.

— Papai ficará consternado — acrescentei — se souber que não te sentias bem e não nos comunicaste imediatamente. Temos um médico muito competente; aquele que esteve com papai hoje.

— Decerto, ele é competente. Bem sei como vocês são bondosos; mas, querida, já me recuperei. Não há nada de errado comigo, apenas uma leve fraqueza. Dizem que sou lânguida; mal posso aguentar qualquer esforço físico; não consigo caminhar a mesma distância que uma criança de três anos; e, às vezes, minha pequena força ainda me falha, e aí fico desse jeito que acabas de ver. Mas, logo me recupero; logo volto a mim. Podes ver que já estou bem.

E, deveras, estava restabelecida, e conversamos bastante; ela, muito animada; e o restante da noite transcorreu sem qualquer recaída do que eu chamaria de paixões de Carmilla. Isto é, aquela conversa e aqueles olhares despropositados, que me encabulavam, e até me assustavam.

Mas, ocorreu naquela mesma noite algo que provocou uma reviravolta em meus pensamentos, e que pareceu surpreender e abalar até mesmo a natureza letárgica de Carmilla.

VI
ESTRANHA AGONIA

Quando voltamos ao salão de estar para tomar café e chocolate, embora declinasse de ambos, Carmilla estava totalmente recuperada, e madame Perrodon e mademoiselle De Lafontaine sentaram-se conosco, para um jogo de cartas; então, papai veio ao salão, para tomar o que ele chamava de seu "chazinho".

Quando o jogo acabou, ele sentou-se no sofá, ao lado de Carmilla, e perguntou-lhe, com alguma ansiedade, se ela havia recebido alguma notícia da mãe desde que chegara ao *schloss*.

Ela respondeu que não.

Papai perguntou-lhe então se ela saberia dizer para onde despachar uma carta endereçada à sua mãe.

— Eu não saberia — ela respondeu, de modo ambíguo — mas tenho pensado em deixá-los; vocês já se incomodaram demais comigo. Já lhes causei uma infinidade de problemas; amanhã pretendo tomar uma carruagem e sair à procura de minha mãe; sei onde, em última instância, poderei encontrá-la, embora ainda não lhes possa revelar o local.

— Nem pense nisso! — meu pai exclamou, para meu grande alívio. — Não podemos perdê-la assim, e não permito que a senhorita nos deixe, exceto sob os cuidados de sua mãe, que teve a bondade de permitir que a senhorita ficasse conosco até que ela voltasse. Eu ficaria feliz se soubesse que a senhorita teve notícias dela; ocorre que, esta noite, os relatos do avanço da misteriosa enfermidade que invadiu a nossa vizinhança se tornaram ainda mais alarmantes; e, minha cara hóspede, estou bastante ciente da minha responsabilidade, embora não conte agora com os conselhos de sua mãe. Farei o melhor possível; e uma coisa é certa: nem pense em nos deixar, sem que para tal tenhamos instruções explícitas de sua mãe. Sofreríamos demais se nos separássemos da senhorita; portanto, jamais permitiria tal coisa, assim tão facilmente.

— Agradeço ao senhor, mil vezes, a sua hospitalidade — ela respondeu, sorrindo timidamente. — Vocês todos têm sido bons demais comigo; raras vezes fui tão feliz em minha vida, como o sou em seu lindo *château*, sob os seus cuidados, e na companhia da sua querida filha.

Papai, então, galantemente, à moda antiga, beijou-lhe a mão, sorrindo de satisfação com o breve discurso de Carmilla.

Como de hábito, acompanhei-a até seu quarto e sentei-me para conversarmos, enquanto ela se preparava para dormir.

— Você acha — eu disse, afinal — que um dia poderá confiar em mim plenamente?

Ela voltou-se, sorrindo, mas não me respondeu; apenas continuou a sorrir.

— Não vais responder? — eu disse. — Não podes me dar uma resposta positiva; eu não deveria ter perguntado.

— Fizeste bem em me perguntar isso, ou qualquer outra coisa. Não sabes o quanto te prezo, ou não duvidarias da minha confiança. Mas estou sob juramento, pior do que uma freira, e não me atrevo a revelar a minha história, nem mesmo para ti. Está próximo o momento em que saberás de tudo. Vais me achar cruel, muito egoísta, mas o amor é sempre egoísta; quanto mais ardente, mais egoísta. Não sabes como sou ciumenta. Tens que vir comigo, amando-me, para a morte; ou então me odeie, mas vem comigo, e me *odeie* na morte e depois dela. Não existe a palavra indiferença na minha natureza apática.

— Ora, Carmilla! Lá vem você novamente com essas palavras bobas — apressei-me em dizer.

— Eu não; embora seja uma tola, cheia de caprichos e fantasias. Para te agradar, vou falar como um sábio. Já foste a um baile?

— Não; como falas! Mas, como é um baile? Deve ser fascinante.

— Quase não me lembro; faz anos.

Não contive o riso.

— Não és tão velha assim. Não podes ter esquecido o teu primeiro baile.

— Lembro-me de tudo... mas preciso fazer um esforço. Vejo tudo, como mergulhadores enxergam o que lhes está acima, através de uma superfície densa, ondulante e transparente. Naquela noite aconteceu algo que tornou o quadro meio confuso, e as cores esmaecidas. Quase fui assassinada, em minha própria cama, ferida *aqui* — ela tocou o seio — e nunca mais fui a mesma.

— Você esteve à morte?

— Sim, um amor... muito cruel... um amor estranho, que quase me tirou a vida. O amor exige sacrifícios. Não há sacrifício sem sangue. Agora vamos dormir; sinto-me tão cansada! Como vou me levantar e trancar a porta?

Ela estava deitada com as mãozinhas sob a face, envoltas naqueles belos cabelos ondulados, a cabeça recostada no travesseiro e os olhos reluzentes seguindo-me detidamente; e exibia um sorriso acanhado cujo sentido eu não conseguia decifrar.

Desejei-lhe boa-noite e retirei-me do quarto, com uma sensação de desconforto.

Muitas vezes eu me perguntava se a nossa bela hóspede costumava rezar. *Eu* nunca tinha visto Carmilla de joelhos. Pela manhã, ela só descia muito tempo depois que havíamos feito as orações em família e, à noite, jamais deixava o salão de estar para participar de nossas breves preces no vestíbulo.

Se durante uma de nossas conversas aleatórias ela não tivesse mencionado seu batismo, eu até duvidaria que fosse cristã. Religião era um tópico sobre o qual eu jamais a ouvira pronunciar uma única palavra. Se eu conhecesse melhor o mundo, tal negligência, ou mesmo antipatia, não teria me causado tanto espanto.

As precauções de gente nervosa são contagiantes, e outras pessoas cujo temperamento também é nervoso, certamente, com o passar do tempo, acabam agindo de modo semelhante. Eu havia adquirido um hábito de Carmilla — trancar a porta do quarto —, pois deixara-me influenciar pelo seu medo fantasioso de invasores que atacam à meia-noite, e de assassinos furtivos. E havia adquirido outro hábito de Carmilla — fazer uma busca pelo quarto, para me certificar de que nenhum assassino ou gatuno me "espreitava".

Tendo posto em prática essas sábias medidas, deitei-me e peguei no sono. Uma vela ardia em meu quarto. Era um velho hábito, que eu adotara ainda criança, e do qual nada me faria desistir.

Devidamente segura, eu podia descansar em paz. Mas os sonhos atravessam paredes de pedra, iluminam quartos escuros, ou escurecem quartos claros, e os habitantes dos sonhos entram e saem à vontade, rindo-se dos chaveiros.

Naquela noite, tive um sonho que marcou o início de uma agonia demasiado estranha.

Não posso dizer que foi um pesadelo, pois eu tinha certeza que estava dormindo. Mas tinha certeza também de estar no meu quarto, deitada na minha cama, exatamente como, de fato, estava. Eu via, ou imaginava ver, o quarto e o mobiliário conforme de costume, exceto que tudo estava mergulhado na escuridão; ainda assim, eu via algo movendo-se ao pé da cama, algo que, a princípio, eu não conseguia enxergar com nitidez. Mas, de súbito, vi um animal preto, cor de fuligem, semelhante a um gato monstruoso. Parecia ter cerca de 1,20 m ou 1,50 m, pois era do tamanho do tapete que ficava diante da lareira; e andava de um lado para o outro, com o nervosismo ágil e sinistro de uma fera enjaulada. Eu não conseguia gritar, embora, como o leitor bem pode imaginar, estivesse apavorada. As passadas ficavam cada vez mais aceleradas, o quarto cada vez mais escuro, e acabou ficando tão escuro que eu só conseguia enxergar os olhos da tal coisa. Senti quando ela pulou, suavemente, na minha cama. Os dois olhos grandes se aproximaram do meu rosto e, de repente, senti uma pontada ardida, como se duas grandes agulhas penetrassem, a dois ou quatro centímetros de distância uma da outra, fundo em meu peito. Acordei com um grito. O quarto estava iluminado pela vela que queimava a noite inteira, e vi um vulto de mulher ao pé da cama, um pouco à direita. Ela usava um vestido escuro e largo, e tinha os cabelos soltos, cobrindo-lhe os ombros. Um bloco de pedra não seria mais estático. Não havia sequer movimento de respiração. Enquanto eu olhava, o vulto pareceu se deslocar, aproximando-se da porta; então, a porta se abriu, e a figura se foi.

Senti-me, então, aliviada e novamente capaz de respirar e me mover. Meu primeiro pensamento foi que Carmilla decidira me pregar uma peça, e que eu havia esquecido de trancar a porta. Mas, correndo até lá, constatei que a porta estava trancada, como de hábito, pelo lado de dentro. Tive medo de abri-la — estava apavorada. Pulei na cama e cobri a cabeça com o lençol, e ali fiquei, mais morta do que viva, até o dia clarear.

VII

A DESCIDA

Seria inútil tentar descrever, leitor, o horror com que ainda hoje relembro o incidente ocorrido naquela noite. Não foi um terror passageiro, como o de um sonho. Era um medo que, com o passar do tempo, aumentava e se estendia ao próprio quarto e até aos móveis em cujo cenário a assombração aparecera.

No dia seguinte, não consegui ficar sozinha um minuto sequer. Deveria ter contado a meu pai o que tinha acontecido, mas não o fiz por duas razões contraditórias. Por um lado, achava que ele riria de minha história, e eu não toleraria ver meu relato tratado como piada; por outro, receava que ele pensasse que eu havia sido afetada pela enfermidade misteriosa que assolava a nossa região. Eu mesma não tinha qualquer dúvida a esse respeito e, considerando que meu pai não andava bem de saúde, não quis assustá-lo.

Reconfortava-me a presença das minhas amáveis companheiras, madame Perrodon e a alegre mademoiselle De Lafontaine. Ambas perceberam que eu estava deprimida e nervosa, e, finalmente, revelei-lhes o que me pesava no coração.

Mademoiselle riu-se, mas madame Perrodon pareceu-me ansiosa.

— A propósito — disse mademoiselle, rindo — aquele caminho das tílias, detrás da janela do quarto de Carmilla, é mal-assombrado!

— Bobagem! — exclamou madame, que provavelmente considerava o assunto bastante inoportuno — quem disse isto, minha cara?

— O Martin disse que passou por ali em duas ocasiões, antes do sol raiar, quando o velho portão do pátio estava sendo consertado, e nas duas vezes viu o mesmo vulto de mulher descendo a alameda de tílias.

— E deve ter visto mesmo, enquanto houver vacas para a ordenha na baixada do córrego — disse madame.

— É verdade; mas o Martin está assustado; nunca vi um bobão *mais* assustado.

— Não diga nada a Carmilla, pois, da janela do quarto, ela avista a alameda — eu disse — e ela é ainda mais covarde do que eu, se isso for possível.

Naquele dia, Carmilla desceu mais tarde do que de costume.

— Levei um tremendo susto ontem à noite — ela disse, assim que nos encontramos. — E acho que teria visto algo terrível, não fosse o amuleto que comprei daquele pobre corcunda que tanto achincalhei. Sonhei que uma coisa preta se aproximava da minha cama; acordei apavorada e, durante alguns instantes, achei que havia um vulto escuro perto da lareira; então, agarrei o amuleto que estava embaixo do travesseiro e, no momento em que toquei nele, a figura desapareceu; tive a convicção de que, se não tivesse o amuleto comigo, algo terrível teria me assombrado, e talvez me esganado, como fez com aqueles pobres infelizes de quem ouvimos falar.

— Então, ouça o que aconteceu comigo — eu disse, e relatei-lhe a minha aventura, diante da qual ela pareceu ficar horrorizada.

— E você estava com o amuleto? — ela perguntou, falando sério.

— Não, deixei o amuleto num vaso de porcelana, no

salão, mas é certo que o terei comigo hoje à noite, visto que você confia tanto nele.

Passado tanto tempo, não sei como explicar, ou mesmo compreender, como consegui superar o pavor e deitar-me sozinha, em meu quarto, naquela noite. Lembro-me, nitidamente, que prendi o amuleto no travesseiro. Peguei no sono quase imediatamente, e dormi melhor de que nunca, a noite inteira.

Na noite seguinte, dormi igualmente bem. Meu sono era relaxante e profundo, sem sonhos. Mas acordei com uma sensação de cansaço e melancolia, que, no entanto, não deixava de ser quase prazerosa.

— Bem que eu te disse — afirmou Carmilla, depois que falei a ela sobre o meu sono tranquilo — eu também dormi muito bem a noite passada — ela disse. — Prendi o amuleto na pala da camisola. Foi muito diferente da noite anterior. Tenho certeza que tudo não passou de imaginação, exceto os sonhos. Eu achava que os sonhos fossem criados por espíritos do mal, mas nosso médico me disse que não é nada disso. É uma febre, ou qualquer outra enfermidade, que passa por nossa casa, ele disse, bate à porta e, sem conseguir entrar, vai embora, assim como o susto também vai embora.

— E o que você acha que é esse amuleto? — perguntei.

— Deve ter sido fumegado ou imerso em alguma droga; é um antídoto contra a malária — ela respondeu.

— Então, atua somente sobre o corpo?

— Com toda certeza; você acredita que espíritos do mal se assustam com pedacinhos de fita, ou com perfumes criados no laboratório de um químico? Não, essas enfermidades, vagando pelo ar, começam por afetar os nervos, e depois infectam o cérebro; porém, o antídoto as repele, antes que consigam nos agarrar. Estou certa de que foi isso que o antídoto fez por nós. Não é nada mágico; é absolutamente natural.

Se pudesse concordar com Carmilla, eu ficaria mais animada; nesse sentido, fiz o possível, e a impressão começou a se dissipar.

Durante algumas noites, dormi profundamente; no entanto, toda manhã, eu sentia o mesmo cansaço, e uma prostração pesava sobre mim o dia inteiro. Eu estava bastante mudada. Uma estranha melancolia tomava conta de mim, uma melancolia da qual eu não queria me livrar. Comecei a ter estranhos pensamentos de morte; senti-me possuída pela noção de que meu estado se agravava lentamente, embora isso não fosse de todo desagradável. Se, por um lado, tal decadência era triste, por outro, o estado de espírito por ela induzido era prazeroso. Fosse lá o que fosse, minha alma se mostrava cordata.

Eu não admitia estar doente, e não queria contar nada a meu pai, nem chamar o médico.

Mais do que nunca, Carmilla dedicava-se a mim, e seus estranhos acessos de adoração e languidez tornaram-se mais frequentes. Quanto mais me falhavam as forças e mais deprimida eu ficava, com mais ardor ela me desejava. Isso sempre me deixava escandalizada, como se o comportamento dela resultasse de lapsos de insanidade.

Sem sabê-lo, eu me encontrava num estágio bastante avançado da doença mais estranha que pode se abater sobre um ser mortal. Os sintomas iniciais vinham acompanhados de um enlevo inexplicável, que mais do que recompensava os efeitos debilitantes característicos daquele estágio avançado. Durante algum tempo, esse enlevo apenas aumentou, até alcançar um determinado ponto; então, aos poucos, uma sensação medonha, cada vez mais intensa, misturou-se ao tal prazer, até que, conforme o leitor haverá de constatar, o medonho passou a desbotar e corromper toda a minha vida.

A primeira mudança que experimentei foi bastante agradável. Ocorreu perto do momento crucial, em que teve início a descida ao Averno.

Comecei a ter sensações vagas e estranhas enquanto dormia. A mais marcante se assemelhava ao calafrio prazeroso que sentimos quando, banhando-nos num rio, caminhamos contra a corrente. Em seguida, tal sensação passou a ser acompanhada de sonhos intermináveis, e tão indistintos que eu jamais conseguia lembrar-me dos cenários, das pessoas, nem das ações. E esses sonhos causavam uma impressão terrível, e uma sensação de esgotamento físico, como se eu tivesse sido exposta a situações de perigo e a um longo período de esforço mental. Depois desses sonhos, quando eu acordava, restava-me a lembrança de ter estado num local tenebroso e falado com gente que eu não conseguia ver; lembrava-me, sobretudo, de uma voz clara, grave, de mulher, que falava como se estivesse ao longe, lentamente, e que sempre provocava em mim uma indescritível sensação de reverência e medo. Algumas vezes, eu sentia como se alguém passasse a mão, ternamente, pelo meu rosto e pelo meu pescoço. Outras vezes, parecia que lábios mornos me beijavam, com mais vagar e paixão à medida que se aproximavam de minha garganta, e ali as carícias se concentravam. Meu coração batia aceleradamente, minha respiração se tornava ofegante; surgia então um soluço, que parecia me estrangular e se transformava numa terrível convulsão, durante a qual eu perdia totalmente os sentidos.

Já fazia três semanas desde que esse estado inexplicável se instalara. Na última semana, o meu sofrimento começou a se tornar visível na minha aparência. Eu empalidecera, meu olhos se dilataram e em meu rosto surgiram olheiras, a indolência que se abatera sobre mim havia algum tempo começou a transparecer no meu semblante.

Meu pai me perguntou várias vezes se eu estava doente; porém, com uma obstinação que hoje me parece misteriosa, eu afirmava que estava muito bem.

Em certo sentido, isso era verdade. Eu não sentia dores, e não podia me queixar de nenhum distúrbio físico. Meu sofrimento parecia pertencer à esfera da imaginação, ou dos nervos, e por pior que fossem minhas agruras, eu as guardava comigo, com uma discrição mórbida.

Não poderia ser o mal horrendo que os camponeses chamam de *oupire*, pois meu sofrimento já durava três semanas, e as vítimas do *oupire* raramente definhavam durante mais de três dias, pois a morte abreviava-lhes a aflição.

Carmilla também se queixava de sonhos e de uma sensação febril, mas os sintomas dela não eram, em absoluto, tão alarmantes quanto os meus. Afirmo que os meus eram por demais alarmantes. Se tivesse conhecimento da minha condição, eu teria pedido ajuda e conselho, de joelhos. O narcótico de uma influência insuspeita agia sobre mim, e minhas percepções estavam entorpecidas.

Passo a contar-lhe agora, leitor, um sonho que ensejou, imediatamente, uma estranha descoberta.

Certa noite, em vez da voz que costumava ouvir no escuro, ouvi outra, maviosa e meiga, e ao mesmo tempo medonha, que dizia: "Tua mãe te adverte a tomares cuidado com o assassino". No mesmo instante, surgiu uma luz, e vi Carmilla de pé, ao lado da minha cama, com sua camisola branca, coberta do queixo aos pés por uma imensa mancha de sangue.

Acordei com um grito, possuída pela ideia de que

Carmilla estava sendo assassinada. Lembro-me que pulei da cama, e lembro-me também que fui até o vestíbulo pedir socorro.

Madame e mademoiselle saíram correndo de seus quartos, assustadas; uma lamparina ficava sempre acesa no vestíbulo e, assim que me viram, elas perceberam a causa do meu pavor.

Eu insistia em bater à porta do quarto de Carmilla. Nossas batidas não foram atendidas. Logo as batidas se transformaram em pancadas, uma gritaria. Berrávamos o nome dela, mas era inútil.

Ficamos aterrorizadas, pois a porta estava trancada. Voltamos, correndo, em pânico, até o meu quarto. Ali, penduramo-nos na sineta, com verdadeira fúria. Se o quarto de meu pai fosse daquele lado da casa, teríamos, de imediato, chamado por ele. Mas, infelizmente, seus aposentos ficavam longe dali, e chegar lá implicava um trajeto que nenhuma de nós tinha coragem de percorrer.

Os criados, porém, logo apareceram, correndo escada acima; nesse ínterim, eu havia vestido o penhoar e calçado meus chinelos. Reconhecendo as vozes dos criados no vestíbulo, saímos do quarto, juntas; e após voltarmos a bater à porta de Carmilla, sempre em vão, dei ordens aos homens para que forçassem a fechadura. Eles assim o fizeram, e nos posicionamos no vão da porta, erguendo nossas lamparinas, a fim de contemplar o interior do quarto.

Chamamos Carmilla pelo nome; mas não obtivemos resposta. Olhamos ao redor do quarto. Tudo parecia tranquilo. Tudo estava exatamente do jeito que eu havia deixado, quando lhe desejara boa-noite. Mas Carmilla não estava lá.

VIII
A BUSCA

Ao CONSTATARMOS que o quarto, exceto por nossa entrada brusca, estava absolutamente sereno, começamos a nos acalmar, e logo nos recompusemos o suficiente para dispensar os homens. Ocorreu a mademoiselle que talvez Carmilla tivesse despertado com a gritaria à sua porta e, em pânico, houvesse pulado da cama e se escondido no armário, ou atrás de alguma cortina, de onde não poderia, evidentemente, sair até que o mordomo e seus ajudantes se retirassem. Recomeçamos então a busca, e voltamos a chamá-la pelo nome.

Mais foi tudo em vão. Nossa perplexidade e apreensão aumentaram. Examinamos as janelas, mas estavam fechadas. Supliquei a Carmilla, que se estivesse escondida, parasse com aquela brincadeira cruel, aparecesse e pusesse um fim à nossa ansiedade. Tudo em vão. Àquela altura, eu já me convencera de que ela não estava no quarto, nem no quarto de vestir, cuja porta estava trancada pelo lado de cá. Ela não poderia ter passado por ali. Fiquei, simplesmente, atônita. Será que Carmilla tinha descoberto alguma daquelas passagens secretas que a velha arrumadeira dizia existir no *schloss*, mas cuja localização ninguém mais sabia? O tempo logo explicaria tudo, sem dúvida — por mais perplexas que estivéssemos naquele momento.

Passava das quatro, e preferi permanecer no quarto de madame durante as horas que restavam daquela noite escura. E a luz do dia tampouco trouxe qualquer solução para o nosso problema.

Na manhã seguinte, o castelo inteiro, comandado por meu pai, acordou em polvorosa. Todos os cantos do *château* foram vasculhados. As cercanias foram igualmente examinadas. Não foi descoberto nenhum sinal da jovem desaparecida. O córrego estava prestes a ser dragado; meu pai se mostrava transtornado; que relato ele teria de fazer à mãe da jovem! Eu também estava consternada, embora meu pesar fosse de outra natureza.

A manhã transcorreu num clima de medo e nervosismo. Agora já era uma hora da tarde, e nada de notícias. Corri até o quarto de Carmilla, e a encontrei de pé, ao lado da penteadeira. Fiquei pasma. Não pude acreditar nos meus próprios olhos. Ela me fez um sinal, com o belo dedinho, em silêncio. Seu semblante expressava extremo pavor.

Corri para ela com uma alegria incontida; beijei-a e abracei-a várias vezes. Corri até a sineta, e toquei-a com veemência, a fim de chamar outras pessoas, que, por seu turno, pudessem aliviar a ansiedade de meu pai.

— Querida Carmilla, onde você esteve todo esse tempo? Ficamos agoniados, de tanta ansiedade por sua causa! — exclamei. — Onde você esteve? Como você voltou?

— Na noite passada ocorreram coisas fantásticas — ela disse.

— Por misericórdia, explique tudo o que puder.

— Passava das duas, ontem à noite — ela disse — quando me deitei para dormir, como sempre, na minha cama, com as portas trancadas... a do quarto de vestir e a que dá acesso à galeria. Meu sono foi ininterrupto e, até onde me lembro, não tive sonho algum; mas acabo de acordar no sofá, ali no quarto de vestir, e encontrei a porta entre os dois cômodos abertas, e a outra porta forçada. Como é possível tudo isso ter acontecido sem que eu acordasse? Isso não pode ter sido feito sem causar muito barulho, e eu tenho um sono leve; e como pude ter sido carregada de minha cama, sem despertar, logo eu, que acordo com qualquer movimento?

Àquela altura, madame, mademoiselle, meu pai e vários criados já estavam dentro do quarto. Carmilla foi, evidentemente, inundada de perguntas, felicitações e expressões de boas-vindas. Ela repetia o mesmo relato e, entre os presentes, parecia ser a pessoa menos capaz de explicar o que havia acontecido.

Meu pai caminhava de um lado ao outro do quarto, imerso em pensamentos. Percebi que o olhar de Carmilla o seguiu, durante alguns instantes, com uma expressão ardilosa e sombria.

Depois que dispensou os criados, e que mademoiselle se retirou, para buscar um frasco de valeriana e sais, e quando só restavam no quarto Carmilla, madame e eu, meu pai aproximou-se de Carmilla. Com toda consideração, tomou-a pela mão, gentilmente, levou-a até o sofá e sentou-se ao seu lado.

— Você me permite, minha cara, arriscar uma conjectura e lhe fazer uma pergunta?

— Quem teria mais direito a tal coisa? — ela disse. — O senhor pode perguntar o que quiser, e lhe contarei tudo. Mas a minha história fala tão-somente de espanto e escuridão. Não sei de absolutamente nada. Pergunte o que desejar; mas o senhor bem sabe, é claro, das restrições impostas por minha mãe.

— Perfeitamente, minha cara menina. Não preciso tocar em qualquer assunto sobre o qual sua mãe pede o

A BUSCA

nosso silêncio. Então, o acontecimento fantástico de ontem à noite diz respeito ao fato de você ter sido removida da cama e do quarto, sem acordar, e que tal remoção, aparentemente, tenha ocorrido com as janelas fechadas e as duas portas trancadas pelo lado de fora. Vou apresentar a minha teoria, mas primeiro lhe faço uma pergunta.

Carmilla apoiava o rosto numa das mãos, com um ar abatido; madame e eu scutávamos, prendendo a respiração.

— Agora, eis a pergunta: a senhorita já passou por alguma suspeita de ser sonâmbula?

— Nunca mais, desde quando era criança.

— Mas, a senhorita era sonâmbula quando criança?

— Sim, eu sei que era. Minha velha ama me disse isso várias vezes.

Meu pai sorriu e meneou a cabeça, indicando consentimento.

— Bem, aconteceu o seguinte: a senhorita levantou-se, dormindo, destravou a porta, sem deixar a chave na fechadura, mas trancando a porta pelo lado de fora; depois, retirou a chave e levou-a consigo, indo até um dos vinte e cinco cômodos existentes neste andar, ou talvez até algum cômodo do andar superior, ou inferior. Temos aqui tantos quartos e *closets*, tanta mobília pesada, e tamanho acúmulo de trastes que seria necessária uma semana para se realizar uma busca completa no castelo. A senhorita percebe onde quero chegar?

— Sim, até certo ponto — ela respondeu.

— Mas, papai, como o senhor explica o fato de ela ir parar no sofá do quarto de vestir, local que vasculhamos com toda atenção?

— Depois que vocês fizeram a busca, ela foi até lá, ainda dormindo, acordou espontaneamente, e ficou tão surpresa com o seu próprio paradeiro quanto nós. Quisera todos os mistérios fossem tão simples e inocentes quanto o seu, Carmilla — ele disse, rindo. — E, portanto, devemos nos felicitar, porque a explicação mais natural do ocorrido não implica entorpecente, arrombamento de fechadura, ladrão, veneno, ou bruxas... nada que possa assustar Carmilla, ou qualquer um de nós, no que concerne à nossa segurança.

Carmilla estava linda. Nada superava a beleza do seu tom de pele. A meu ver, sua formosura era acentuada pelo gracioso langor que lhe era tão peculiar. Acho que, no íntimo, meu pai comparava minha aparência com a dela, pois ele disse:

— Quisera ver a minha pobre Laura mais animada — e suspirou.

E assim o nosso susto acabou bem, e Carmilla voltou ao convívio dos amigos.

IX
O MÉDICO

Visto que Carmilla não admitia a presença de um acompanhante no quarto dela, meu pai determinou que uma criada dormisse diante da porta, de modo que nossa hóspede não pudesse voltar a praticar o sonambulismo, sem ser logo impedida.

Aquela noite passou rapidamente; na manhã seguinte, bem cedo, o médico, chamado por meu pai sem me comunicar, chegou para me ver.

Madame me acompanhou até a biblioteca, onde o médico, circunspecto e pequenino, de cabelos brancos e óculos, aguardava-me.

Contei-lhe minha história e, à medida que eu prosseguia, ele ficava cada vez mais sisudo.

Estávamos, os dois, de pé, diante do vão de uma das janelas, um de frente para o outro. Quando concluí meu relato, ele apoiou as costas contra a parede e olhou-me fixamente, com um interesse que deixava transparecer um toque de horror.

Após refletir durante cerca de um minuto, ele perguntou à madame se poderia falar com meu pai.

Papai foi logo chamado e, ao entrar na biblioteca, sorrindo, disse:

— Aposto, doutor, que o senhor dirá que sou um velho tolo, por tê-lo chamado aqui; espero que seja isso.

Mas o sorriso se desfez em sombras, quando o médico,

com um ar de preocupação, fazendo um sinal, chamou-o para uma conversa.

Meu pai e o médico conversaram durante algum tempo, no mesmo vão da janela em que o doutor e eu acabávamos de nos encontrar. O diálogo parecia ser sério e intenso. O salão é espaçoso, e madame e eu, morrendo de curiosidade, posicionamo-nos na extremidade oposta. Não conseguíamos ouvir uma palavra sequer, pois ambos falavam num tom baixo, e o vão da janela impedia-me de avistar o médico, e quase obstruía também a figura de meu pai, de quem só enxergávamos um pé, um braço e um ombro; e suponho que as vozes se tornassem menos audíveis devido à reentrância formada pelas espessas paredes em torno da janela.

Passado algum tempo, meu pai voltou o rosto em nossa direção; estava pálido, pensativo, e parecia agitado.

— Laura, querida, venha até aqui um instante. Madame, o doutor diz que não vamos precisar da senhora, por enquanto.

Aproximei-me, pela primeira vez, um tanto assustada, pois embora estivesse bastante fraca, não me sentia doente; e força, sempre supomos, é algo que depende da nossa vontade.

Meu pai esticou a mão na minha direção, no momento em que me acerquei; então, olhou para o médico, e disse:

— De fato, *é* muito estranho; não consigo entender. Laura, venha cá, minha querida; atenda ao doutor Spielsberg, e fique tranquila.

— A senhorita mencionou uma sensação como a de duas agulhas penetrando-lhe a pele, perto do pescoço, naquela noite em que teve o primeiro sonho horrendo. O local ainda está dolorido?

— Não, absolutamente — respondi.

— A senhorita poderia me indicar o ponto em que teria sentido as agulhadas?

— Um pouco abaixo da garganta... *aqui* — respondi. Eu estava usando um vestido que encobria o ponto por mim indicado.

— Agora, para o seu próprio bem — disse o médico — a senhorita não se incomodará, se seu pai baixar um pouco a pala do seu vestido. Isso é necessário, para detectarmos um sintoma do mal que a tem importunado.

Concordei. O ponto ficava poucos centímetros abaixo da gola.

— Deus me ajude! É isso! — exclamou meu pai, empalidecendo.

— O senhor pode ver agora, com os seus próprios olhos — disse o médico, expressando um triunfo sombrio.

— O que é? — perguntei, já com certo medo.

— Nada, minha cara jovem, exceto uma marquinha azulada, mais ou menos do tamanho da ponta do seu dedo mínimo; e agora — ele prosseguiu, voltando-se para meu pai — a questão é: qual será o melhor procedimento?

— Estou correndo perigo? — indaguei, com grande receio.

— Creio que não, minha cara — respondeu o médico. — Não vejo por que a senhorita não possa se recuperar. É neste ponto que inicia a sensação de estrangulamento?

— Sim — respondi.

— E... por favor, tente se lembrar... este ponto centraliza a sensação excitante que a senhorita acaba de me descrever, similar à corrente de um riacho de água fria roçando pelo corpo?

— É possível; acho que sim.

— Ah! O senhor percebe? — ele acrescentou, virando-se para meu pai. — Posso falar com madame Perrodon?

— Certamente — disse meu pai.

O médico chamou madame e lhe disse:

— Sua jovem amiga não está nada bem. As consequências não serão graves, espero; mas será necessário tomar algumas providências, as quais lhe explicarei daqui a pouco; nesse ínterim, madame, por favor, não deixe a senhorita Laura a sós um instante sequer. Essa é a única instrução que preciso lhe dar neste momento. Isso é crucial.

— Sei que podemos confiar no seu zelo, madame — meu pai acrescentou.

Madame consentiu prontamente.

— E você, querida Laura, sei que vai obedecer às instruções do doutor.

— Preciso pedir a sua opinião sobre outra paciente, cujos sintomas se assemelham um pouco aos de minha filha, esses que ela acaba de detalhar para o senhor... são sintomas bem mais brandos, mas acho que têm características bastante parecidas. Trata-se de uma jovem... nossa hóspede; como o senhor disse que pretende voltar aqui hoje à noite, convido-o a jantar conosco, ocasião em que poderá vê-la. Ela só desce do quarto à tarde.

— Obrigado — disse o médico. — Aqui estarei, então, por volta das sete horas da noite.

Então, as instruções foram repetidas, para madame e para mim, e meu pai se retirou, acompanhado do médico; vi os dois caminhando juntos, de um lado para o outro, entre a estrada e o fosso, pelo gramado que havia diante do castelo, evidentemente entabulando uma conversa das mais sérias.

O médico não voltou. Vi quando montou no cavalo,

despediu-se e partiu pela floresta, tomando o sentido leste. Quase ao mesmo tempo, avistei um sujeito que chegava de Dranfeld, trazendo cartas; ele desmontou e entregou uma bolsa a meu pai.

Entrementes, madame e eu nos ocupávamos em conjeturar as razões daquela instrução tão estranha e grave a nós imposta pelo médico e por meu pai. Madame me diria mais tarde que achava que o médico temia que eu tivesse uma convulsão e que, sem o devido socorro, morresse, ou me ferisse gravemente.

Essa interpretação não me convenceu; eu supunha, talvez para o bem dos meus nervos, que a recomendação tinha por objetivo apenas me propiciar uma companhia, alguém que impedisse que eu me cansasse, ou que comesse fruta verde, ou fizesse alguma das dezenas de tolices típicas dos jovens.

Cerca de meia hora depois, meu pai voltou, com uma carta na mão, e disse:

— Esta carta demorou a chegar; é do general Spielsdorf. Ele deveria ter chegado aqui ontem; talvez chegue amanhã, ou quiçá venha ainda hoje.

Entregou-me a carta aberta; mas parecia aborrecido, contrariando a reação que costumava ter quando esperava um convidado, em particular alguém tão estimado quanto o general. Na verdade, meu pai se comportava como se quisesse ver o general nas profundezas do Mar Vermelho. Era óbvio que havia algo em sua mente que ele não queria revelar.

— Papai, querido, o senhor pode me dizer uma coisa? — eu disse, subitamente, tocando-lhe o braço e olhando-o nos olhos, disso tenho certeza, com um ar de súplica.

— Talvez — ele respondeu, ajeitando com carinho o meu cabelo.

— O médico acha que estou muito doente?

— Não, querida; ele acha que, se as devidas providências forem tomadas, você vai melhorar muito, e estará no caminho de uma plena recuperação, dentro de um ou dois dias — ele respondeu, um pouco secamente. — Eu preferiria que o nosso bom amigo, o general, tivesse escolhido um outro momento; isto é, eu preferiria que você estivesse totalmente restabelecida para recebê-lo.

— Mas, papai, diga-me — eu insisti —, *o que* o doutor acha que eu tenho?

— Nada; não me importune com perguntas — ele respondeu, e eu jamais o vira tão irritado; mas, creio, vendo que me magoara, beijou-me e acrescentou:

— Você ficará sabendo de tudo em um ou dois dias; isto é, tudo o que *eu* sei. Nesse ínterim, não ocupe a cabeça com isso.

Então, virou-se e deixou o salão, mas voltou, enquanto eu, ainda confusa, pensava sobre a estranheza de tudo aquilo; disse apenas que iria a Karnstein, que dera ordens para que a carruagem estivesse pronta ao meio-dia, e que madame e eu deveríamos acompanhá-lo; ele pretendia fazer uma visita de negócios ao padre que vivia naquela região pitoresca e, de vez que Carmilla não conhecia aquelas cercanias, ela poderia ir até lá, com mademoiselle, que levaria provisões para um piquenique, a ser preparado para nós nas ruínas do castelo.

Ao meio-dia, conforme solicitado, eu já estava pronta, e pouco tempo depois, meu pai, madame e eu partimos para o destino planejado. Passando a ponte levadiça, dobramos à direita, e seguimos pela estrada, cruzando a ponte gótica, no sentido oeste, em direção ao vilarejo abandonado e às ruínas do castelo de Karnstein.

Nenhum outro trajeto campestre pode ser mais belo.

A superfície do solo se altera entre colinas e vales, tudo coberto por lindos bosques, totalmente desprovidos da formalidade artificial característica de jardins planejados e podados.

As irregularidades do terreno muitas vezes fazem a estrada contornar, com muita graça, laterais de depressões e encostas de morros, em meio a uma variedade de solos quase inesgotável.

Ao contornar um desses pontos, repentinamente, deparamo-nos com nosso velho amigo, o general, cavalgando em nossa direção, em companhia de um lacaio montado. Sua bagagem seguia no que chamávamos de carroça alugada.

O general desmontou, enquanto parávamos à beira da estrada, e, após os cumprimentos usuais, aceitou com satisfação o assento que estava vazio em nossa carruagem, despachando o cavalo, com o lacaio, diretamente para o *schloss*.

X

DESOLADO

Fazia cerca de dez meses que não o víamos, mas esse tempo fora suficiente para alterar-lhe muito a aparência. Ele emagrecera; um ar lúgubre e angustiado se instalara no lugar da serenidade cordial que lhe caracterizava o semblante. Seus olhos, em tom azul escuro, sempre penetrantes, agora emitiam um brilho indignado, sob as sobrancelhas espessas. Não era o tipo de alteração causada apenas pelo desgosto; sentimentos de ódio pareciam ter contribuído para aquela transformação.

Logo que nos pusemos novamente em movimento, o general começou a discorrer, com sua costumeira objetividade de militar, sobre a desolação, termo por ele usado, que se lhe abatera em decorrência da morte da querida sobrinha e protegida; depois, com intensa amargura e indignação, condenou as "artes infernais" às quais a jovem sucumbira, e expressou, com mais fúria do que reverência, seu espanto diante do fato de que o Céu permitisse que a luxúria e a perversidade do inferno desfrutassem daquela monstruosa indulgência.

Meu pai, logo percebendo que algo extraordinário havia ocorrido, pediu ao general que, se não fosse por demais doloroso, detalhasse as circunstâncias que justificavam a linguagem forte que usara.

— Teria prazer em contar-lhe — disse o general — mas o senhor não acreditaria em mim.

— Por que não? — ele perguntou.

— Porque — respondeu o general, um tanto irritado

— o senhor não acredita em nada que não confirme as suas pressuposições e ilusões. Lembro-me do tempo em que eu era como o senhor, mas agora aprendi.

— Tente — disse meu pai. — Não sou tão dogmático quanto o senhor supõe. Além disso, sei muito bem que o senhor costuma exigir provas antes de acreditar em algo e, portanto, sinto-me bastante inclinado a respeitar as suas conclusões.

— O senhor está certo quando supõe que não me deixo levar facilmente pelo fantástico... pois o que experimentei é fantástico... mas fui obrigado, com base em provas extraordinárias, a dar crédito a algo que se opõe diametralmente às minhas teorias. Fui ludibriado por uma conspiração sobrenatural.

Embora houvesse professado confiança no tirocínio do general, meu pai, naquele momento, olhou para ele com um ar que me pareceu exprimir fortes dúvidas quanto à sanidade mental do militar.

Felizmente, o general não percebeu tal reação. Ele contemplava com tristeza e curiosidade as clareiras e o panorama das matas que se descortinavam diante de nós.

— O senhor está seguindo para as ruínas de Karnstein? — ele disse. — Que feliz coincidência! Sabe que eu ia lhe pedir para me levar até lá, para que eu pudesse inspecioná-las? Tem algo específico que pretendo explorar. Não existe lá as ruínas de uma capela, com vários túmulos daquela família extinta?

— Existe, sim... extremamente interessante — disse meu pai. — Suponho que o senhor tenha intenção de requerer posse do título e das propriedades?

Meu pai falou em tom jocoso, mas o general não respondeu com a risada, nem com o mero sorriso que a educação manda esboçar ao se ouvir o gracejo de um amigo;

antes, o militar exibiu uma expressão grave, feroz, enquanto ruminava algo que lhe incitava a cólera e o horror.

— Minha intenção é muito diferente — ele disse, com aspereza. — Pretendo exumar alguns daqueles nobres indivíduos. Pretendo, com a benção de Deus, cometer ali um sacrilégio piedoso que vai livrar a nossa terra de certos monstros, e permitir que gente honesta durma em paz, sem ser atacada por assassinos. Tenho coisas estranhas para lhe contar, caro amigo, coisas que eu mesmo reputaria inacreditáveis alguns meses atrás.

Meu pai olhou para o general, desta feita não com um olhar de desconfiança, mas, sim, com um ar que traduzia astúcia e temor.

— A casa dos Karnstein — ele disse — faz tempo que se extinguiu: ao menos, cem anos. Minha querida mulher descendia dos Karnstein, por parte de mãe. Mas o nome e o título deixaram de existir há muito tempo. O castelo está em ruínas; o próprio vilarejo está deserto; faz cinquenta anos que ali não se vê fumaça saindo de chaminés; não restou um único telhado.

— É bem verdade. Tenho ouvido muitas histórias a esse respeito, desde a última vez que estive com o senhor; muitas histórias que o deixariam abismado. Mas, é melhor que eu relate tudo de acordo com a ordem dos eventos — disse o general. — O senhor conhecia a minha querida protegida... minha filha, assim posso chamá-la. Criatura alguma era mais bela e, até três meses atrás, criatura alguma era mais saudável.

— Sim, pobrezinha! A última vez que a vi, deveras, estava linda — disse meu pai. — Fiquei mais pesaroso e estarrecido do que sou capaz de expressar, meu caro amigo; sei o golpe que isso representou para o senhor.

Meu pai e o general trocaram um aperto de mão. Os

olhos do militar se encheram de lágrimas. Ele não fez a menor questão de escondê-las. E disse:

— Somos velhos amigos; eu sabia que poderia contar com a sua compreensão, agora que não tenho mais minha filha. Ela havia se tornado o centro do meu maior interesse, e compensava o meu zelo com um afeto que alegrava minha casa e tornava minha vida feliz. Tudo isso acabou. Já não me restam muitos anos neste mundo; mas, pela misericórdia divina, antes de morrer, espero poder prestar um serviço à humanidade e lançar a vingança do Céu sobre os demônios que mataram minha pobre menina, na flor da idade e no auge da beleza!

— O senhor disse há pouco que pretende relatar tudo segundo a ordem dos eventos — disse meu pai. — Por favor, faça-o. Garanto-lhe, de minha parte, que não se trata apenas de curiosidade.

Àquela altura, havíamos alcançado o ponto em que a estrada de Drunstall, pela qual o general havia chegado, se bifurca com a estrada que seguiríamos rumo a Karnstein.

— A que distância ficam as ruínas? — indagou o general, olhando adiante, com ansiedade.

— A cerca de meia légua — respondeu meu pai. — Por favor, conte-nos a história que o senhor nos prometeu.

XI
A HISTÓRIA

— COM TODO PRAZER — disse o general, falando com esforço; após uma pausa para organizar o relato, ele deu início a uma das narrativas mais estranhas que já ouvi na vida.

— Minha querida menina estava ansiosa por fazer a visita que o senhor teve a bondade de programar, para que ela conhecesse a sua graciosa filha.

Ao dizer isso, o general me dirigiu uma mesura galante e melancólica.

— Nesse ínterim, recebemos um convite do meu velho amigo, o Conde de Carlsfeld, cujo *schloss* se situa a cerca de seis léguas, do outro lado de Karnstein. O convite era para uma série de bailes que seriam oferecidos ao conde por um visitante ilustre, o grão-duque Charles.

— Sim, e creio que tenham sido esplêndidos — disse meu pai.

— Principescos! E a hospitalidade do conde é majestosa. Ele parece dispor da lâmpada de Aladim. A noite da minha infelicidade foi dedicada a um fabuloso baile de máscaras. Os jardins foram abertos, e luminárias coloridas pendiam das árvores. A queima de fogos de artifício foi tal que nem Paris já presenciou algo semelhante. E a música... a música, o senhor sabe, é o meu fraco... que música maravilhosa! Tínhamos ali, talvez, o melhor conjunto instrumental do mundo, e os melhores cantores egressos dos grandes teatros líricos da Europa. Enquanto caminhávamos pelos jardins, magnificamente iluminados, o *château*, ao luar, irradiando uma luz rósea através das janelas enfileiradas, ouvíamos cantos estonteantes, vindos do interior de algum pomar silencioso, ou de algum barco no lago. Ouvindo e olhando aquilo tudo, tive a impressão de voltar ao romance e à poesia da minha juventude.

— Quando a queima de fogos acabou, teve início o baile, e voltamos aos salões, agora abertos aos dançarinos. Um baile de máscaras, o senhor sabe, constitui bela visão: um espetáculo com um brilho que eu nunca tinha visto igual.

— Os convidados eram aristocratas. Acho que eu era o único joão-ninguém presente.

— Minha querida menina estava linda. Não usava máscara. O entusiasmo e a alegria acrescentavam uma graça indescritível aos seus traços, sempre belos. Notei a presença de uma jovem belissimamente trajada, mas com máscara, que me parecia observar minha protegida com extraordinário interesse. Eu tinha visto a tal jovem antes, no salão principal, e depois voltei a vê-la, durante alguns minutos, caminhando perto de nós, na varanda que ficava abaixo das janelas do castelo, sempre olhando para minha menina. Uma senhora, também mascarada, vestida com elegância e sobriedade, e exibindo porte imponente, como se fosse alguma figura ilustre, acompanhava a jovem. Se a jovem não usasse máscara, decerto, eu teria mais certeza se ela estava, de fato, observando a minha pobre menina. Hoje tenho certeza de que estava.

— Estávamos num dos salões. Minha pobre menina acabara de dançar, e descansava um pouco numa das cadeiras posicionadas próximas à porta; eu estava perto dali. As duas damas de que falei se acercaram, e a mais jovem sentou-se na cadeira que estava ao lado da minha protegida; enquanto isso, a outra dama, de pé ao meu lado, dirigia-se à jovem, falando num tom de voz baixo.

— Valendo-se da máscara, ela voltou-se para mim e, falando-me como se fosse uma velha amiga, chamando-me pelo nome, puxou conversa comigo, fato que muito despertou minha curiosidade. Ela mencionou vários locais onde havia me encontrado: na corte, em residências importantes. Referiu-se a pequenos incidentes dos quais eu não mais me lembrava, mas que me voltaram à memória assim que ela os citou.

— Fiquei cada vez mais curioso para saber quem ela era. Com astúcia e delicadeza, a senhora se evadia das minhas tentativas de descobrir-lhe a identidade. O conhecimento por ela demonstrado de diversas passagens da minha vida pareceu-me inexplicável; e ela exibia uma satisfação sincera em frustrar-me a curiosidade e em me ver tropeçar, no meu ansioso embaraço, de conjetura em conjetura.

— Enquanto isso, a jovem, a quem a mãe, uma ou duas vezes dirigindo-lhe a palavra, chamou pelo estranho nome de Millarca, havia iniciado, com idêntica desenvoltura e graça, um diálogo com minha protegida.

— A jovem se apresentou, dizendo que sua mãe era conhecida minha de longa data. Discorreu sobre o atrevimento prazeroso ensejado por um baile de máscaras; falava como uma amiga; elogiou o vestido da menina e insinuou, com muita graça, admiração por sua beleza. Divertiu-a com críticas acerca das pessoas que apinhavam o salão de baile, e fez gracejos à minha pobre menina. Sabia ser perspicaz e alegre, e em pouco tempo as duas haviam se tornado boas amigas; então, a estranha jovem baixou a máscara, revelando um rosto de extrema beleza. Nem eu nem minha filha tínhamos visto aquele rosto antes. Mas, embora nova para nós, a fisionomia era tão cativante, e tão bela, que era impossível não sentir forte atração. Foi o que aconteceu com a minha pobre menina. Nunca vi alguém mais fascinado por outra pessoa num primeiro encontro, exceto, é verdade, a própria estranha, que parecia igualmente arrebatada.

— Nesse ínterim, aproveitando a licença propiciada por um baile de máscaras, fiz várias perguntas à tal senhora.

— "A senhora me deixou perplexo", eu disse, rindo. "Já não basta? Não vai agora, para ficarmos em pé de igualdade, fazer a gentileza de retirar a máscara?"

— "Pode haver pedido mais injusto?", ela respondeu. "Pedir a uma dama que ceda vantagem! Além disso, como o senhor sabe que me reconheceria? Os anos produzem mudanças".

— "Conforme a senhora bem pode ver", eu disse, com uma mesura e, suponho, com um riso um tanto melancólico.

— "E conforme dizem os filósofos", ela observou; "e como o senhor pode saber se a visão do meu rosto lhe será esclarecedora?"

— "Eu adoraria correr tal risco", respondi. "Não adianta querer parecer idosa; a senhora é traída por sua própria silhueta".

— "Contudo, anos já se passaram desde a última vez que eu o vi, e desde que o senhor me viu, e isso é o que estou levando em conta. Millarca, que ali está, é minha filha; portanto, não posso ser jovem, nem mesmo na opinião de pessoas às quais o tempo ensinou indulgência, e não me apraz ser comparada à imagem que o senhor tem de mim na memória. O senhor não tem máscara a retirar. Nada me pode oferecer em troca."

— "Recorro tão-somente à sua compaixão, que remova a máscara."

— "E eu recorro à sua, que a máscara fique onde está", ela respondeu.

— "Muito bem, então, a senhora me dirá ao menos se é francesa ou alemã, pois fala ambas as línguas com perfeição."

— "Não creio que lhe revelarei isso, general; o senhor planeja um ataque-surpresa, e busca o ponto fraco."

— "Em todo caso, isso a senhora não poderá negar", eu disse, "pois, tendo me permitido a honra de dialogarmos, mereço saber como tratá-la. Devo dizer, *madame la Comtesse*?"

— Ela riu, e teria sem dúvida escapado, com outra evasiva... se for de todo viável a hipótese de que qualquer detalhe de um diálogo no qual tudo foi prévia e argutamente esquematizado, conforme hoje acredito tenha sido o caso, possa estar sujeito a acidentes de percurso.

— "Quanto a isso", ela disse, mas foi interrompida, quase no momento em que abriu a boca, por um cavalheiro de preto, extremamente elegante e distinto, mas com uma desvantagem: seu semblante era o mais pálido e funéreo que vi na vida, exceto em cadáveres. Ele não usava máscara alguma... vestia o traje a rigor completo de um cavalheiro, e disse, sem sorrir, mas com uma mesura cerimoniosa e acentuada: "*madame la Comtesse* permite que eu lhe diga algumas palavras do seu interesse?"

— A dama voltou-se, rapidamente, para ele e levou um dedo aos lábios, pedindo-lhe silêncio. "Guarde meu lugar, general; voltarei assim que trocar algumas palavras com esse senhor."

— E com esse pedido, feito em tom de gracejo, ela deu alguns passos, acompanhada pelo cavalheiro de preto, e com ele conversou durante alguns minutos... e a conversa parecia ser séria. Depois, caminharam lentamente em meio à multidão, e os perdi de vista por alguns minutos.

— Enquanto isso, eu martelava o cérebro, para ver se conseguia identificar a dama que parecia me conhecer tão bem; pensei em juntar-me à conversa que transcorria entre minha bela protegida e a filha da condessa, na expectativa de surpreendê-la, quando voltasse, já tendo então descoberto seu nome, seu título, o nome do seu castelo e de suas propriedades. Mas, naquele momento, ela retornou, ainda acompanhada do sujeito pálido, trajando preto, que disse: "Voltarei para avisar à *madame la Comtesse* quando a sua carruagem estiver diante do portão". E se retirou, fazendo uma reverência.

XII

UM PEDIDO

— "Então, vamos nos privar da companhia de *madame la Comtesse*, mas espero que seja por apenas algumas horas", eu disse, fazendo uma leve mesura.

— "Talvez por algumas horas; talvez por algumas semanas. Foi falta de sorte, ele ter se dirigido a mim como o fez agora. O senhor me reconhece?" — assegurei-a que não.

— "Mas, vai me reconhecer", ela disse, "contudo, não agora. Nossa amizade é mais antiga e mais sólida, talvez, do que o senhor suspeite. Ainda não posso revelar minha identidade. Dentro de três semanas pretendo passar por seu belo *schloss*, sobre o qual tenho obtido algumas informações. Na ocasião, vou visitá-lo durante uma ou duas horas, e restabelecer uma amizade que sempre me traz mil lembranças agradáveis. Por ora, acabo de receber uma notícia que me atinge como um raio. Preciso partir, com toda a pressa possível, e seguir uma rota alternativa, que compreende mais de cem quilômetros. Estou extremamente apreensiva. Embora acanhada, detenho-me um instante apenas para lhe fazer um pedido muito especial. Minha pobre menina ainda não recuperou as forças. O cavalo foi ao chão com ela, durante uma caçada à qual ela assistia; seus nervos ainda não se recuperaram do choque, e nosso médico afirma que, durante algum tempo ainda, ela não deve se cansar. Chegamos até aqui avançando bem devagar... menos de seis léguas por dia. Mas agora preciso viajar dia e noite, numa missão de vida ou morte... uma missão cuja natureza crítica e grave pretendo explicar-lhe, com toda a franqueza, quando nos encontrarmos, o que espero possa acontecer, dentro de algumas semanas".

— Ela, então, apresentou o pedido, e o fez no tom de alguém que transforma uma solicitação em determinação, e não em favor. Mas aquele era mesmo o jeito dela e, segundo parecia, tratava-se de algo bastante inconsciente. E nos termos em que o pedido foi expresso, nada poderia ser mais reprovativo. A solicitação era, simplesmente, que eu consentisse em cuidar de sua filha, enquanto *La Comtesse* estivesse ausente.

— No fim das contas, o pedido era estranho, para não dizer atrevido. De certo modo, ela me desarmou, ao afirmar e admitir todos os argumentos contrários, e ao se entregar inteiramente ao meu cavalheirismo. Naquele momento, por uma fatalidade que parece ter predeterminado tudo o que viria a acontecer, minha pobre menina aproximou-me de mim e, falando baixo, pediu-me que convidasse a nova amiga, Millarca, para nos fazer uma visita. Minha protegida havia sondado a jovem, e achava que, se a mãe dela concordasse, Millarca aceitaria com todo prazer.

— Numa outra ocasião, eu teria dito a ela que esperasse um pouco, até que ao menos soubéssemos quem elas eram. Mas não tive tempo para pensar. As duas damas me assediavam; e devo confessar que o rosto refinado e belo da jovem, dotado de uma expressão extremamente cativante, bem como a elegância e o brilho do seu nobre berço convenceram-me; sem conseguir resistir, concordei e aceitei, precipitadamente, cuidar da jovem que a mãe chamava de Millarca.

— A condessa fez um sinal para a filha, que ouviu

com toda atenção, enquanto a mãe lhe informava, em termos gerais, que tinha sido chamada súbita e peremptoriamente, e também que a havia confiado aos meus cuidados, acrescentando que eu era um de seus amigos mais antigos e estimados.

— Evidentemente, eu disse o que a ocasião parecia exigir e, quando reflito sobre o ocorrido, percebo que me via numa situação que pouco me agradava.

— O cavalheiro de preto voltou e, com toda cerimônia, acompanhou a dama enquanto esta se retirava do salão.

— A conduta desse cavalheiro provocou em mim a convicção de que a condessa era uma dama bem mais nobre do que o seu modesto título pudesse, por si só, sugerir.

— Sua última determinação foi de que nenhuma tentativa de obter maiores informações a seu respeito fosse levada a termo até que ela regressasse. Nosso distinto anfitrião, que a hospedava, tinha conhecimento dos motivos de tal solicitação.

— "Aqui", ela disse, "nem eu nem minha filha podemos permanecer, com segurança, mais de um dia. Retirei a máscara, imprudentemente, por um instante, há cerca de uma hora; achei que o senhor tivesse me visto. Foi então que decidi aguardar uma oportunidade para conversarmos um pouco. Se o senhor *tivesse* me visto, eu recorreria à sua elevada honradez, pedindo-lhe que guardasse segredo sobre a minha identidade durante algumas semanas. Mas, é um alívio saber que não me viu; porém, se agora o senhor *suspeitar*, ou, pensando melhor, *vier a suspeitar* da minha identidade, entrego-me inteiramente à sua honradez. Minha filha haverá de observar uma discrição idêntica, e bem sei que o senhor, de vez em quando, vai lembrar a ela que mantenha o segredo".

— Ela sussurrou algumas palavras ao ouvido da filha, beijou-a duas vezes apressadamente e partiu, acompanhada do cavalheiro pálido, todo de preto, desaparecendo em meio à multidão.

— "No salão ao lado", disse Millarca, "há uma janela de onde se avista a porta principal. Eu gostaria de ver mamãe uma última vez, e mandar-lhe um beijo".

— Assentimos, evidentemente, e fomos com ela até a janela. Vimos uma carruagem bela e antiga, provida de uma tropa de cocheiros e lacaios. Vimos também a figura esbelta do cavalheiro pálido, vestido de preto, colocando sobre os ombros da condessa um manto de veludo espesso, e cobrindo-lhe a cabeça com um capuz. Ela fez-lhe um sinal, e apenas tocou-lhe a mão. Ele se curvou, mais de uma vez, enquanto a porta era fechada, e a carruagem pôs-se em movimento.

— "Foi-se", disse Millarca, com um suspiro.

— "Foi-se", repeti comigo mesmo, pela primeira vez... após a pressa que se instalara desde o meu consentimento... pensando na loucura do meu ato.

— "Ela nem olhou para cima", disse a jovem, num tom queixoso.

— "Talvez a condessa tivesse retirado a máscara, e não quisesse mostrar o rosto", eu disse; "e tampouco sabia que a senhorita estava à janela".

— Ela suspirou e olhou-me nos olhos. Era tão bela que me inspirou compaixão. Por um momento, lamentei ter me arrependido da minha própria hospitalidade, e decidi me redimir da minha declarada falta de polidez.

— A jovem, recolocando a máscara, juntou-se à minha protegida, instando-me a voltar aos jardins, onde o concerto estava prestes a ser reiniciado. Assim fizemos, e caminhamos de um lado para o outro, ao longo da varanda situada abaixo das janelas do castelo. Millarca logo se tornou íntima, e nos divertia com comentários e histórias animadas acerca dos ilustres que encontrávamos na varanda. A cada minuto aumentava o meu encanto por ela. Suas pequenas indiscrições, sem ser maldosas, eram-me sumamente divertidas, pois fazia tempo que eu não circulava pelo mundo da nobreza. Pensei na vivacidade que ela emprestaria às nossas noites, algumas vezes, solitárias.

— O baile só acabou quando o sol da manhã quase despontava no horizonte. O grão-duque dançou até o final, para que os mais persistentes não fossem embora, nem pensassem em dormir.

— Acabávamos de atravessar um salão repleto de convidados, quando minha protegida me perguntou onde estava Millarca. Eu pensava que ela estivesse ao lado da minha menina, e esta supunha que ela estivesse ao meu lado. O fato era que a havíamos perdido de vista.

— Foi totalmente em vão o meu esforço para localizá-la. Suspeitei que, na confusão que a separou de nós momentaneamente, ela tivesse nos confundido com outras pessoas e talvez as tivesse seguido, perdendo-se na vastidão dos jardins abertos aos convidados.

— Agora, reconheci a verdadeira dimensão da loucura de ter aceito assumir responsabilidade por uma jovem sem mesmo saber o seu nome; e refém das minhas próprias promessas, cujos motivos eu desconhecia, eu nem podia detalhar minha busca, revelando que a jovem desaparecida era a filha da condessa que se fora havia poucas horas.

— Amanheceu. O sol já estava claro quando desisti da procura. Somente por volta das duas horas, no dia seguinte, obtivemos alguma notícia da jovem desaparecida.

— Eram quase duas horas quando um criado bateu

UM PEDIDO

à porta de minha sobrinha, para lhe dizer que havia sido chamado por uma jovem, aparentemente em grande apuro, que precisava saber onde encontrar o barão general Spielsdorf e sua filha, sob cujos cuidados ela havia sido deixada pela mãe.

— Não havia dúvida, a despeito do pequeno equívoco, que a nossa jovem amiga havia reaparecido... e havia mesmo. Quisera o Céu a tivéssemos perdido!

— Ela contou à minha pobre menina uma história, a fim de justificar o longo período de tempo transcorrido até nos reencontrar. Disse ter entrado, já bem tarde, no quarto da governanta, enquanto nos procurava, desesperadamente, e ter caído num sono profundo que, embora demorado, mal fora capaz de recuperar-lhe as forças após o cansaço provocado pelo baile.

— Naquele dia levamos Millarca para casa conosco. Sentia-me feliz, em última instância, por ter conseguido uma companheira tão graciosa para minha querida menina.

XIII
O LENHADOR

— No ENTANTO, logo surgiram alguns problemas. Em primeiro lugar, Millarca se queixava de uma constante letargia... um cansaço que se instalara desde a última vez em que estivera adoentada... e ela só saía do quarto no meio da tarde. Além disso, descobrimos, por acaso, embora ela sempre trancasse a porta pelo lado de dentro e nunca retirasse a chave da fechadura, até o momento em que permitia a entrada de uma ama para auxiliá-la durante o banho, que ela se ausentava do quarto, algumas vezes de manhã cedo, outras vezes mais tarde, no decorrer do dia, antes de anunciar que estava desperta. Era vista com frequência, das janelas do *schloss*, nas primeiras luzes cinzentas da madrugada, caminhando entre as árvores, aparentemente com um destino certo, e parecendo estar em transe. Isso me convenceu de que ela era sonâmbula. Mas tal hipótese não resolvia o mistério. Como ela transpunha a porta do quarto, deixando a porta trancada pelo lado de dentro? Como conseguia sair da casa, sem destravar portas e janelas?

— Em meio à minha perplexidade, surgiu uma preocupação bem mais urgente.

— Minha querida menina parecia abatida e pouco saudável, e isso ocorreu de um modo tão misterioso, e até medonho, que fiquei simplesmente apavorado.

— A princípio, ela começou a ter sonhos horrendos; então, imaginava a presença de um fantasma, por vezes, parecendo-se com Millarca, por vezes, na forma de uma fera que caminhava de um lado para o outro ao pé de sua cama. Finalmente, vieram umas tais sensações. Uma delas, que não era de todo desagradável, mas muito estranha, parecia a corrente gelada de um riacho fluindo por seu peito. Posteriormente, ela teve a sensação de que duas agulhas penetravam-lhe a pele, logo abaixo da garganta, provocando uma dor aguda. Algumas noites depois, seguiu-se a sensação gradual e convulsiva de um estrangulamento; depois disso, ela perdeu a consciência.

Eu ouvia cada palavra do relato do velho general, porque àquela altura a carruagem corria sobre a relva batida que cobre os dois lados da estrada, já nas imediações do vilarejo destelhado onde não se avistava fumaça saindo de chaminé havia mais de meio século.

O leitor pode imaginar a estranheza de que fui tomada ao ouvir a descrição de sintomas idênticos aos meus, e atribuídos à pobre jovem que, não fosse a catástrofe que se seguiu, seria naquele momento hóspede do *château* de meu pai. O leitor pode imaginar, também, como me senti enquanto ouvia o general detalhar manias e esquisitices que, deveras, correspondiam àquelas da nossa bela hóspede, Carmilla!

Abriu-se um clarão na floresta; subitamente, estávamos passando diante das chaminés e fachadas do vilarejo em ruínas; as torres e muralhas do castelo desmoronado, em torno do qual cresciam árvores frondosas, contemplavam-nos do topo de uma colina.

Em meio a um sonho assustador, desci da carruagem, em silêncio, pois todos tínhamos muito em que pensar; sem demora, subimos a encosta e nos vimos entre os salões, entre as escadarias em espiral e os corredores escuros do castelo.

— E dizer que este local foi outrora a moradia suntuosa dos Karnstein! — comentou o velho general, finalmente, olhando para o povoado, desde uma grande janela, contemplando a vastidão ondulante da floresta. — Era uma família perversa, e aqui foram escritas as suas crônicas manchadas de sangue — prosseguiu o militar. — É terrível que, mesmo depois da morte, eles tenham continuado a perseguir a humanidade com sua luxúria atroz. Ali está a capela dos Karnstein.

Apontou, então, as paredes cinzentas da construção gótica, parcialmente visível entre a folhagem, um pouco abaixo na encosta.

— Estou ouvindo o machado de um lenhador — ele acrescentou — trabalhando na mata que cerca a capela; talvez ele possa nos prestar a informação que busco, e indicar o túmulo de Mircalla, Condessa de Karnstein. Esses camponeses costumam preservar as tradições das grandes famílias, cujas histórias, no contexto dos ricos e nobres, desaparecem tão logo as famílias se extinguem.

— Temos, no castelo, um retrato de Mircalla, Condessa de Karnstein; o senhor gostaria de vê-lo? — perguntou meu pai.

— Em tempo — caro amigo, retrucou o general. — Acho que vi o original, e por isso antecipei a visita ao senhor, para que pudéssemos explorar a capela da qual agora nos aproximamos.

— O quê! Ver a Condessa Mircalla! — exclamou meu pai; — Ora! Ela morreu há mais de um século!

— Não está tão morta quanto o senhor imagina, segundo me dizem — respondeu o general.

— Confesso, general, que o senhor está me deixando totalmente confuso — disse meu pai, olhando para o amigo, assim me pareceu, com aquele mesmo ar de desconfiança que eu havia detectado anteriormente. Mas, embora a atitude do militar fosse às vezes colérica, nunca era inconsequente.

— Resta-me — ele disse, enquanto passávamos embaixo do arco da igreja gótica (as dimensões do edifício justificavam tal classificação) — apenas um objetivo capaz de me interessar durante os poucos anos que me restam na Terra: levar a cabo a vingança que, com a graça de Deus, haverá de ser perpetrada pelo braço de um mortal.

— A que vingança o senhor se refere? — perguntou meu pai, cada vez mais espantado.

— À decapitação do monstro — ele respondeu, enrubescendo, batendo o pé no solo, produzindo um eco espectral que reverberou pelas ruínas vazias, e erguendo o punho cerrado, como se brandisse no ar, furiosamente, um machado pelo cabo.

— O quê! — exclamou meu pai, mais assustado do que nunca.

— Decapitá-la!

— Cortar-lhe a cabeça?

— Sim, com um cutelo, uma pá, ou qualquer outra coisa capaz de rachar-lhe a garganta assassina. O senhor vai ouvir tudo — ele disse, tremendo de ódio; e adiantando-se, disse:

— Esta viga pode servir de assento; sua filha parece exausta; peça-lhe que se sente e, em poucas frases, logo concluirei a minha história pavorosa.

O bloco de madeira, depositado sobre o piso da capela agora coberto de relva, formava um banco sobre o qual me sentei com satisfação; nesse ínterim, o general chamou o lenhador, que estivera cortando alguns galhos que pesavam sobre as velhas paredes; então, empunhando o machado, um senhor robusto surgiu à nossa frente.

O lenhador nada sabia a respeito daqueles túmulos,

mas havia um ancião, disse ele, um guarda-florestal, atualmente residindo na casa do padre, a cerca de três quilômetros de distância, que sabia identificar todos os túmulos da velha família Karnstein; e, por uma bagatela, ele iria buscá-lo, se pudéssemos lhe emprestar um dos nossos cavalos, e estaria de volta em pouco mais de meia-hora.

— Faz tempo que o senhor trabalha nesta floresta? — meu pai perguntou.

— Corto lenha aqui — ele respondeu, falando em dialeto —, obedecendo às ordens do guarda-florestal, desde criança; e antes de mim, trabalhou aqui meu pai, e o pai dele, e tantas gerações quanto sou capaz de contar. Posso mostrar ao senhor a casa, aqui no vilarejo, em que meus antepassados moraram.

— Por que o vilarejo foi abandonado? — perguntou o general.

— Foi atacado por assombrações, senhor; várias já foram perseguidas até o túmulo, identificadas pelos testes costumeiros e extintas pelos meios de sempre... decapitação, estaca e fogo; mas isso só aconteceu depois que muitos habitantes foram mortos.

— Porém, mesmo depois de todas essas providências — ele prosseguiu —, mesmo depois de tantos túmulos abertos e tantos vampiros privados de seu terrível alimento, o vilarejo não se libertou. Mas, um nobre morávio, que por acaso passava por aqui, soube da situação; versado nesses assuntos... conforme costuma ser o caso de muita gente no país dele... ofereceu-se para livrar o povoado daquele que o atormentava. E fez o seguinte: sendo aquela noite de lua cheia, ele subiu, logo após o pôr-do-sol, ao topo da torre desta capela, de onde podia ver o cemitério, lá embaixo; dá para ver o cemitério lá daquela janela. E ficou ali, até que o vampiro saiu do túmulo, depositou ao lado da cova os panos de linho que lhe serviam de mortalha e deslizou em direção ao vilarejo, a fim de assombrar os habitantes.

— O estranho, depois de ver tudo isso, desceu da torre, pegou os panos de linho do vampiro e os levou consigo, de volta ao topo da torre. Quando retornou de sua perambulação e percebeu a falta dos panos, o vampiro, enfurecido, gritou para o morávio, por ele logo localizado lá no topo da torre; e o morávio acenou para ele, que subisse para pegar os tais panos. O vampiro, então, aceitando o convite, começou a escalar a torre; mas, assim que ele chegou à muralha, o morávio, com um golpe da espada, rachou-lhe o crânio ao meio, atirando-o lá embaixo, no cemitério; em seguida, descendo a escada em espiral, o estranho cortou-lhe a cabeça e, no dia seguinte, entregou a cabeça e o corpo aos habitantes, que os empalaram e queimaram.

— Esse nobre morávio foi autorizado pelo chefe do clã à época a remover o túmulo de Mircalla, Condessa de Karnstein, e assim o fez, de modo que, em pouco tempo, o local do sepultamento foi esquecido.

— O senhor saberia precisar onde o túmulo ficava? — perguntou o general, com ansiedade.

O lenhador sacudiu a cabeça e sorriu.

— Ninguém poderá responder a essa pergunta — ele disse. — Além disso, dizem que o corpo dela foi removido; mas ninguém tem certeza disso também.

Tendo falado assim, e pressionado pelo tempo, ele deixou o machado e se foi, deixando-nos a ouvir o restante do estranho relato do general.

XIV

O ENCONTRO

— Minha querida menina — ele prosseguiu — estava cada vez pior. O médico que a atendia não havia alcançado qualquer êxito no tratamento da doença, pois doença era o que eu pensava ser o caso. O médico percebeu a minha angústia e sugeriu que eu buscasse uma segunda opinião. Chamei um médico mais experiente, que trabalhava em Graz. Passaram-se vários dias até a chegada desse doutor. Tratava-se de um homem gentil, religioso e erudito. Após examinarem, juntos, a minha pobre protegida, os dois médicos foram trocar ideias na biblioteca. Da sala ao lado, onde aguardava ser chamado, pude ouvir as vozes dos dois cavalheiros ecoando num tom mais veemente do que seria o caso de um debate estritamente filosófico. Bati à porta e entrei. Encontrei o velho médico de Graz defendendo a sua teoria. Seu oponente a refutava com ares de nítida galhofa, seguida de gargalhadas. No momento em que entrei na biblioteca, esta última manifestação despropositada diminuiu e a altercação foi suspensa.

— "Senhor", disse o primeiro médico, "meu ilustre colega parece supor que o senhor precisa de um feiticeiro, e não de um médico".

— "Perdão", disse o velho médico de Graz, visivelmente contrariado, "prefiro expressar minha opinião sobre esse caso, à minha maneira, em outro momento. Lamento, *Monsieur le Général*, que minhas habilidades e meu conhecimento não possam ser úteis. Antes de me retirar, no entanto, permito-me sugerir-lhe algo".

— Ele parecia imerso em reflexão; sentou-se à mesa e começou a escrever. Profundamente decepcionado, fiz uma reverência e, no momento em que me virava para sair, o outro médico apontou para o colega que estava escrevendo e, em seguida, sacudindo os ombros, fez um sinal, levando o dedo à fronte.

— Essa segunda consulta, então, não trouxe qualquer avanço. Saí caminhando pelos jardins, quase desesperado. Passados dez ou quinze minutos, o médico de Graz me alcançou. Pediu desculpas por ter me seguido, e disse que, em sã consciência, não poderia partir sem antes me dizer algumas palavras a mais. Disse-me que não poderia estar enganado; que nenhuma enfermidade natural exibia aqueles sintomas; e que a morte era iminente. Restavam, contudo, um ou dois dias de vida. Se a convulsão fatal pudesse ser prontamente controlada, talvez, mediante grandes cuidados e competência, as forças da jovem pudessem ser recuperadas. Mas tudo agora dependia dos confins do irrevogável. Um assalto a mais talvez extinguisse a derradeira fagulha de vitalidade.

— "E que tipo de convulsão é essa à qual o senhor se refere?", perguntei.

— "Está tudo explicado, detalhadamente, nesta carta, que ora lhe entrego, sob a condição de que o senhor mande buscar o religioso que estiver mais próximo daqui, e que abra esta carta na presença dele, e que não a leia antes de tê-lo ao seu lado; se assim não for, o senhor vai acabar desprezando a carta, e ela trata de uma questão de vida ou morte. Se o padre não vier, então, o senhor pode e deve ler a carta."

— Finalmente, antes de se despedir, ele me perguntou se eu gostaria de falar com um homem versado no assunto, um indivíduo que, após a minha leitura da carta, provavelmente me interessaria mais do que qualquer outro, e instou-me a convidar o tal sujeito; depois disso, ele se foi.

— O padre não estava em casa; eu, então, li a carta. Em algum outro momento, ou outro contexto, a carta teria me parecido ridícula. Mas, quem não recorre a qualquer charlatanice, como última esperança, quando todos os meios tradicionais já falharam, e a vida de um ente querido está ameaçada?

— Nada, o senhor dirá, poderia ser mais absurdo que a carta daquele médico erudito. O conteúdo era tão monstruoso que justificaria uma internação em manicômio. Ele afirmava que a paciente sofria em consequência das visitas de um vampiro! Os furos que ela dizia terem ocorrido próximos à garganta, insistia o médico, resultavam da inserção de dois caninos longos e finos, como é sabido, típicos dos vampiros; e não havia dúvida, ele acrescentava, quanto à presença bem definida da pequena marca, segundo constava, provocada pelos lábios do demônio, nem quanto ao fato de que todos os sintomas descritos pela paciente confirmavam, com exatidão, os sintomas registrados em casos similares.

— Sendo eu totalmente cético em relação à existência de vampiros, a teoria sobrenatural apresentada pelo médico, a meu ver, era apenas mais um exemplo de inteligência mesclada, estranhamente, com alucinação. Todavia, eu estava tão desesperado que, em vez de nada tentar, levei a sério as instruções contidas na carta.

— Escondi-me no quarto de vestir, às escuras, que ficava ao lado do quarto da paciente, onde queimava uma vela, e ali espreitei até que ela adormecesse. Fiquei de pé, espiando pela fresta da porta, com a espada em cima da mesa, ao meu lado, de acordo com as instruções; pouco

O ENCONTRO

depois da uma hora, vi um grande vulto preto, uma imagem mal-definida, arrastando-se, segundo me parecia, pelo pé da cama e estirando-se sorrateiramente por cima da garganta da menina, ali regozijando-se por um momento, numa massa ofegante.

— Durante alguns instantes, fiquei petrificado. Então, dei um salto à frente, empunhando a espada. A criatura preta se contraiu, movendo-se em direção ao pé da cama, escorregou para o chão e se levantou, a cerca de um metro do pé da cama, fitando-me com um misto de ferocidade covarde e horror: estava diante de mim Millarca. Sem qualquer especulação, golpeei-a imediatamente com a espada; mas a vi de pé à porta, absolutamente ilesa. Aterrorizado, persegui-a, e desferi-lhe um novo golpe. Ela se fora! E minha espada vibrou em consequência do impacto contra a porta.

— Eu não poderia descrever tudo o que ocorreu naquela noite medonha. A casa inteira despertou em grande alvoroço. O espectro de Millarca desaparecera. Mas a vítima do espectro definhava a cada minuto, e antes do nascer do sol, veio a falecer.

O velho general estava bem agitado. Não nos dirigimos a ele. Meu pai afastou-se um pouco e começou a ler as inscrições das sepulturas; assim entretido, entrou pelo vão da porta de uma capela lateral. O general encostou-se numa parede, enxugou os olhos e suspirou, profundamente. Senti-me aliviada ao ouvir as vozes de Carmilla e madame, que naquele momento se aproximavam. Mas o som das vozes diminuiu.

Sozinha, após ouvir um relato tão estranho acerca de mortos ilustres e nobres, cujas sepulturas se deterioravam em meio à poeira e à hera que nos cercavam, um relato no qual todos os incidentes se relacionavam de modo tão terrível ao meu próprio caso — naquele local mal-assombrado, na penumbra, envolto numa folhagem espessa que encimava aquelas paredes silenciosas —, senti-me tomada de pavor, e meu coração se comprimia, quando eu pensava que, afinal, meus amigos estavam prestes a entrar e perturbar aquela cena agourenta.

Apoiando uma das mãos na base de um túmulo em ruínas, o velho general mantinha os olhos cravados no solo.

Embaixo de um arco estreito, decorado com um daqueles demônios grotescos que costumam deleitar a imaginação cínica e fantasmagórica das velhas esculturas góticas, avistei, com satisfação, a bela face e a bela figura de Carmilla entrando na capela sombria.

Eu estava prestes a me levantar e falar, enquanto sorria em resposta àquele sorriso tão singular e fascinante, quando, dando um grito, o velho que estava ao meu lado agarrou o machado do lenhador e avançou. Ao vê-lo, a fisionomia de Carmilla transformou-se de modo brutal. Foi uma transformação instantânea e horrenda, e ela deu um passo atrás, agachando-se. Antes que eu pudesse gritar, ele a golpeou com toda a força, mas ela se esquivou do golpe e, ilesa, agarrou-o pelo pulso com aquela mão pequenina. Ele lutou para soltar o braço, mas sua mão se abriu, o machado caiu no chão, e a jovem se foi.

Ele então tentou apoiar-se na parede. Os cabelos grisalhos estavam arrepiados, e uma umidade lhe reluzia a face, como se ele estivesse agonizando.

A cena pavorosa não durou mais do que um instante. Minha primeira lembrança subsequente é madame, de pé diante de mim, repetindo, impacientemente, várias vezes, a pergunta:

— Onde está mademoiselle Carmilla?

Afinal, respondi:

— Não sei... não faço ideia... foi por ali — e apontei a porta pela qual a própria madame acabara de entrar. — Faz apenas um ou dois minutos.

— Mas eu fiquei ali, no vão da porta, desde que mademoiselle Carmilla entrou; e ela não voltou por ali.

Depois disso, madame começou a chamar Carmilla, por todas as portas e janelas sem, no entanto, obter qualquer resposta.

— Ela disse que seu nome era Carmilla? — perguntou o general, ainda agitado.

— Sim, Carmilla — respondi.

— É — ele disse —, é mesmo Millarca. É a mesma pessoa que muito tempo atrás se chamava Millarca, Condessa de Karnstein. Vá embora deste lugar maldito, pobre menina, o quanto antes. Vá até a casa do clérigo e fique lá até nós chegarmos. Vá! Nunca mais olhe para Carmilla; não a encontrará aqui.

XV

SOFRIMENTO E EXECUÇÃO

Enquanto o general falava, um homem com o aspecto mais estranho que já vi na vida entrou na capela, pela porta através da qual Carmilla havia entrado e saído. Era alto, tinha o tórax estreito e curvo, e os ombros arqueados; vestia-se todo de preto. O rosto era moreno e ressecado, com rugas profundas; usava um chapéu esquisito, de aba larga. Os cabelos, longos e grisalhos, caíam-lhe nos ombros. Usava óculos de armação de ouro, caminhava lentamente, com passos arrastados, e seu rosto, às vezes voltado para o céu, outras vezes encarando o chão, exibia um sorriso perpétuo; ele balançava os braços magros e longos, e as mãos delgadas, calçando luvas excessivamente grandes, gesticulavam exprimindo profunda consternação.

— Ei-lo! — exclamou o general, avançando, visivelmente exultante. — Meu caro barão, que satisfação vê-lo; não esperava encontrá-lo tão cedo — ele disse, e fez um sinal para meu pai, que acabara de voltar, trazendo o cavalheiro idoso e estranho, a quem o general chamara de barão. Ele o apresentou, formalmente, e logo iniciaram uma conversa séria. O estranho retirou do bolso um rolo de papel, e o desenrolou sobre a superfície gasta de uma lápide. Tinha na mão uma lapiseira, com a qual traçou linhas imaginárias, de um lado ao outro do papel, que, a julgar pelo modo como eles o olhavam, e em seguida dirigiam o olhar a determinados pontos da capela, concluí ser a planta do edifício. Enquanto prosseguia, com aquele, digamos, discurso, o estranho lia trechos de um livrinho todo sujo, cujas páginas amareladas estavam repletas de letras miúdas.

Desceram, caminhando, pela nave lateral, do lado oposto ao que eu estava, sempre dialogando; então, começaram a fazer medições, por meio de passadas, e finalmente se reuniram, diante de um determinado ponto da parede, o qual se puseram a examinar meticulosamente, afastando a hera que encobria o local, batendo no gesso com a ponta de suas bengalas, raspando aqui, tocando ali. Na sequência, localizaram uma grande placa de mármore, com letras gravadas em alto-relevo.

Com o auxílio do lenhador, que havia retornado, expuseram a inscrição de um sepulcro e a gravação de um brasão de armas. Era mesmo o túmulo perdido de Mircalla, Condessa de Karnstein.

O velho general, embora, creio eu, não fosse muito afeito a rezas, ergueu ao céu as mãos e os olhos, durante alguns instantes, num agradecimento mudo.

— Amanhã — ouvi ele dizer — o comissário vai estar aqui, e a inquisição será levada a termo de acordo com a lei.

Então, virando-se para o senhor dos óculos de aro de ouro, que já foi por mim descrito, ele o sacudiu, pelas duas mãos, dizendo:

— Barão, como poderei expressar meu agradecimento? Como poderemos, nós todos, expressar o nosso agradecimento? O senhor vai livrar esta região de uma praga que flagela os habitantes há mais de um século. O inimigo terrível, graças a Deus, foi finalmente localizado.

Meu pai afastou-se com o estranho, e o general os seguiu. Eu sabia que meu pai se distanciava para que eu não o ouvisse, pois pretendia relatar o meu caso, e vi quando olhavam, de relance, para mim, enquanto conversavam.

Meu pai voltou até onde eu estava, beijou-me várias vezes e, levando-me para fora da capela, disse:

— Está na hora de regressarmos, mas, antes de voltarmos para casa, precisamos visitar o padre, que mora perto daqui, e convencê-lo a nos acompanhar até o *schloss*.

Quanto a isso, tivemos sorte; e, para mim, foi uma satisfação chegar em casa, pois eu me sentia absolutamente extenuada. Contudo, minha satisfação se transformou em desânimo, pois descobri que não havia qualquer notícia de Carmilla. Acerca da cena ocorrida nas ruínas da capela, nada me foi explicado; evidentemente, tratava-se de um segredo que meu pai, por enquanto, estava decidido a não me revelar.

A ausência sinistra de Carmilla tornava a lembrança da cena ainda mais horrenda para mim. Os preparativos para aquela noite foram singulares. Duas criadas e madame receberam ordens para ficar em meu quarto a noite inteira; e o padre, acompanhado de meu pai, manteve uma vigília no quarto de vestir.

O clérigo havia praticado naquela noite determinados ritos solenes, cujo significado eu não compreendia, assim como não compreendia o motivo das extraordinárias precauções tomadas em relação à minha segurança enquanto eu dormisse.

Poucos dias depois, vi tudo com clareza.

O desaparecimento de Carmilla foi seguido pela interrupção da minha agonia noturna.

O leitor já terá ouvido falar, sem dúvida, de uma superstição que corre pela Alta e pela Baixa Estíria, pela Morávia, Silésia, Sérvia turca, Polônia e até pela Rússia; trata-se da superstição, assim devemos chamá-la, do vampiro.

Se o testemunho humano, tomado judicialmente — com todo o rigor e o devido protocolo, perante inúmeras

SOFRIMENTO E EXECUÇÃO

comissões, todas contando com a participação de vários integrantes, indivíduos selecionados por sua integridade e seu discernimento, e reunindo depoimentos mais volumosos talvez do que os que versam sobre qualquer outro tipo de caso — tem alguma valia, torna-se difícil negar, ou mesmo questionar, a existência do fenômeno do vampiro.

Da minha parte, nunca ouvi qualquer teoria capaz de explicar o que pude testemunhar e o que comigo aconteceu, exceto aquela propiciada por essa antiga e bem documentada crença.

No dia seguinte, foram oficiados os ritos formais, na Capela de Karnstein. A sepultura da Condessa Mircalla foi aberta; o general e meu pai reconheceram, na face agora exposta, a bela e pérfida hóspede. Embora 150 anos houvessem se passado desde o funeral, a fisionomia se mostrava corada com o calor da vida. Os olhos estavam abertos; o caixão não exalava qualquer fedentina cadavérica. Os dois médicos, um ali presente, o outro representado pela pessoa do promotor público, atestaram fatos absolutamente fabulosos: uma tênue respiração e um leve batimento cardíaco. Os membros superiores e inferiores se mostravam flexíveis, a pele elástica; o caixão forrado de chumbo estava inundado de sangue, com uma profundidade de cerca de vinte centímetros, e naquele sangue o corpo flutuava. Ali estavam, pois, todos os sinais e todas as provas do vampirismo. Então, segundo a antiga prática, o corpo foi exumado e uma estaca pontiaguda foi cravada no coração da vampira, que, naquele instante, emitiu um urro lancinante, comparável ao de um mortal em sua agonia derradeira. Em seguida, a cabeça foi decepada, e uma torrente de sangue jorrou do pescoço cortado. O corpo e a cabeça foram, posteriormente, depositados sobre uma pilha de lenha e reduzidos às cinzas, sendo estas jogadas no córrego; e desde aquela época a região não foi mais atormentada pela aparição de vampiros.

Meu pai possui uma cópia do relatório da Comissão Imperial, com a assinatura de todos os que presenciaram os ritos, atestando a veracidade dos depoimentos. Com base nesse documento oficial, eu procedo ao relato, resumido, da cena final — aterrorizante.

XVI
CONCLUSÃO

Talvez o leitor suponha que escrevo com serenidade. Longe disso; não consigo pensar nesses fatos sem experimentar consternação. Nada, exceto a sua vontade, leitor, enfaticamente reiterada, poderia me levar à presente tarefa, que abalou meus nervos durante meses e fez ressurgir a sombra de um pavor indizível, o qual, anos após o meu resgate, continuou a atormentar meus dias e minhas noites e tornou a minha solidão insuportável, terrível.

Deixe-me aduzir uma palavra ou duas sobre o singular Barão de Vordenburg, cujas estranhas lendas levaram à descoberta do túmulo da Condessa Mircalla.

Ele se fixara em Graz, onde sobrevivia com os rendimentos miseráveis que lhe restaram do patrimônio outrora magnífico da família, na Alta Estíria; em Graz, Vordenburg dedicou-se à investigação minuciosa e incansável da tradição maravilhosamente documentada do vampirismo. Ele tinha à mão todas as obras, tanto as maiores como as menores, acerca do assunto: *Magia Posthuma*, *De Mirabilibus*, de Flégon de Trales *De Cura pro Mortuis*, de santo Agostinho, *Philosophicæ et Christianæ Cogitationes de Vampiris*, de John Christofer Harenberg, e mil outras, entre as quais me lembro de apenas algumas das que emprestou a meu pai.[1] O barão possuía, ainda, um ex-

---

[1] Obras citadas por Calmet nas suas *Dissertations*: *Magia Posthuma*

tenso compêndio reunindo casos judiciais, dos quais ele extraiu um sistema de princípios que parecem nortear — alguns sempre, outros apenas ocasionalmente — a questão do vampiro. Quero mencionar, *en passant*, que a palidez mortífera atribuída a essas assombrações é mera ficção melodramática. Seja na cova, seja quando surgem no mundo, os vampiros apresentam um aspecto plenamente saudável. Quando revelados à luz, dentro do caixão, exibem todas as características que serviram para comprovar a vida vampiresca da Condessa de Karnstein, morta havia tanto tempo.

O modo como deixam os túmulos e para lá voltam, durante algumas horas, diariamente, sem remexer o barro, nem deixar qualquer vestígio de alteração no estado do esquife ou da mortalha, sempre foi considerado inteiramente inexplicável. A existência anfíbia do vampiro é mantida à custa de um sono diário e reparador, na cova. A pavorosa avidez por sangue vivo lhes propicia vigor para as horas despertas. O vampiro tende a se deixar fascinar por determinadas pessoas, com grande ardor, algo similar à paixão carnal. Nesses casos, o vampiro demonstra paciência e ardis inesgotáveis, visto que o acesso ao objeto desejado, por vezes, apresenta uma centena de obstáculos. O vampiro não descansa enquanto não sacia a paixão e drena a vida da vítima cobiçada. Mas, ao mesmo tempo,

---

(Magia após a morte), de Charles Ferdinand de Schertz (Olmütz, 1706); *De Mirabilibus*, a versão latina do original grego *Peri thaumasion* (Das coisas extraordinárias), de Flégon de Trales; *De Cura pro Mortuis* (Dos cuidados com os mortos), de santo Agostinho, *Philosophicæ et Christianæ Cogitationes de Vampiris* (Reflexões filosóficas e cristãs sobre os vampiros), de John Christian Harenberg (Wolfenbüttel, 1739). A suposição de que Le Fanu consultou as *Dissertations* em suas pesquisas para a elaboração de *Carmilla* é baseada no fato de ele cometer o mesmo erro de grafia de Calmet no último autor citado, "Christofer" em vez de "Christian". Ver Ridenhour, p. 80. [N. da E.]

CONCLUSÃO

sabe guardar e postergar o prazer assassino, com o refinamento de um epicurista, intensificando tal prazer por meio de abordagens sutis que caracterizam o amor cortês. Nesses casos, o vampiro parece ansiar por simpatia e consentimento. Em outras situações, age de maneira brusca, dominando a vítima com violência, estrangulando-a e dando cabo da infeliz num banquete único.

Segundo consta, em alguns casos, o vampiro fica sujeito a determinadas condições. No exemplo que acabo de relatar, parece que Mircalla estava circunscrita a um nome que, se não fosse o seu verdadeiro, deveria ao menos reproduzir, sem a omissão ou adição de uma letra sequer, os caracteres que o compõem, em anagrama. O nome *Carmilla* atende a tal preceito; o mesmo se aplica a *Millarca*.

Meu pai contou ao Barão de Vordenburg, que permaneceu conosco durante duas ou três semanas após a expulsão de Carmilla, a história sobre o nobre morávio e o vampiro, no cemitério, em Karnstein, e depois perguntou ao barão como ele havia descoberto o local exato da sepultura da Condessa Millarca, há tanto tempo ocultada. Os traços faciais grotescos do barão esboçaram um sorriso misterioso; ele baixou os olhos, ainda sorrindo, contemplando e brincando com o velho estojo dos óculos. Em seguida, erguendo o olhar, disse:

— Tenho diversos diários e documentos escritos por aquele homem notável; o mais interessante de todos discorre sobre a visita da qual o senhor fala, a Karnstein. A tradição, evidentemente, sempre distorce as coisas um pouco. Talvez ele fosse conhecido como "nobre morávio", pois havia transferido sua residência para aquela região, e era, de fato, nobre. Mas, na realidade, nascera na Alta Estíria. Basta dizer que, na juventude, ele amara e fora amado pela bela Mircalla, Condessa de Karnstein. A morte precoce da jovem mergulhou-o num desgosto inconsolável. Faz parte da natureza dos vampiros crescer e se multiplicar, mas de acordo com uma lei horrenda.

— Imaginemos, para começar, uma região totalmente livre dessa praga. Como ela surge? Como ela se multiplica? Vou lhe contar. Uma pessoa, mais ou menos perversa, acaba com a própria vida. E o suicida, em determinadas circunstâncias, torna-se um vampiro. O espectro desse indivíduo visita pessoas vivas durante o sono; *essas pessoas* morrem e, quase sempre, na cova, transformam-se em vampiros. Foi o que aconteceu no caso da bela Mircalla, que foi perseguida por um desses demônios. Um antepassado meu, Vordenburg, cujo título herdei, descobriu isso e, no decorrer dos estudos a que se dedicou, aprendeu muito mais.

— Entre outras coisas, ele deduziu que, cedo ou tarde, suspeitas de vampirismo recairiam sobre a falecida condessa, que em vida fora por ele idolatrada. Ele antevia o horror, fosse ela o que fosse, de seus restos mortais serem profanados pelo ultraje de uma execução póstuma. E deixou, então, um documento inaudito a fim de comprovar que, expulso de sua existência anfíbia, o vampiro assume uma vida ainda mais medonha; e decidiu, pois, salvar a outrora adorada Mircalla de tal situação.

— Ele criou o estratagema de uma viagem até lá, no intuito de remover-lhe os restos mortais e ocultar o local de sepultamento. Muitos anos depois, já vencido pela idade, e contemplando as cenas do passado, ele reconsiderou o que havia feito... e foi possuído pelo horror. Então, fez os desenhos e os apontamentos que haveriam de me levar ao local exato, e redigiu uma confissão da desfaçatez que cometera. Se ele pretendia tomar outras medidas, foi

CONCLUSÃO

impedido pela morte; e a mão de um descendente longínquo, para muitos, tardiamente, conduziu a busca ao covil da fera.

Conversamos um pouco mais e, entre outras coisas, ele disse o seguinte:

— Um sinal do vampiro é a força da mão, por exemplo, a mão pequenina de Mircalla, cerrada como uma prensa de aço sobre o pulso do general, quando este ergueu o machado para golpeá-la. Mas o poder da mão do vampiro não se restringe a isso; no ponto agarrado, a mão produz um entorpecimento cuja recuperação é lenta... quando ocorre.

Na primavera seguinte, meu pai levou-me a percorrer toda a Itália. Ficamos longe de casa durante mais de um ano. Foi preciso muito tempo até que o horror dos eventos recentes diminuísse; e até hoje a imagem de Carmilla volta à minha lembrança, alternando ambiguidades: às vezes, é a menina alegre, lânguida, bela; outras vezes, é o demônio contorcido que vi nas ruínas da igreja; e, tantas vezes, em devaneio, assusto-me, imaginando ouvir os leves passos de Carmilla à porta do salão de estar.

COLEÇÃO DE BOLSO HEDRA

1. *Iracema*, Alencar
2. *Don Juan*, Molière
3. *Contos indianos*, Mallarmé
4. *Auto da barca do Inferno*, Gil Vicente
5. *Poemas completos de Alberto Caeiro*, Pessoa
6. *Triunfos*, Petrarca
7. *A cidade e as serras*, Eça
8. *O retrato de Dorian Gray*, Wilde
9. *A história trágica do Doutor Fausto*, Marlowe
10. *Os sofrimentos do jovem Werther*, Goethe
11. *Dos novos sistemas na arte*, Maliévitch
12. *Mensagem*, Pessoa
13. *Metamorfoses*, Ovídio
14. *Micromegas e outros contos*, Voltaire
15. *O sobrinho de Rameau*, Diderot
16. *Carta sobre a tolerância*, Locke
17. *Discursos ímpios*, Sade
18. *O príncipe*, Maquiavel
19. *Dao De Jing*, Laozi
20. *O fim do ciúme e outros contos*, Proust
21. *Pequenos poemas em prosa*, Baudelaire
22. *Fé e saber*, Hegel
23. *Joana d'Arc*, Michelet
24. *Livro dos mandamentos: 248 preceitos positivos*, Maimônides
25. *O indivíduo, a sociedade e o Estado, e outros ensaios*, Emma Goldman
26. *Eu acuso!*, Zola | *O processo do capitão Dreyfus*, Rui Barbosa
27. *Apologia de Galileu*, Campanella
28. *Sobre verdade e mentira*, Nietzsche
29. *O princípio anarquista e outros ensaios*, Kropotkin
30. *Os sovietes traídos pelos bolcheviques*, Rocker
31. *Poemas*, Byron
32. *Sonetos*, Shakespeare
33. *A vida é sonho*, Calderón
34. *Escritos revolucionários*, Malatesta
35. *Sagas*, Strindberg
36. *O mundo ou tratado da luz*, Descartes
37. *O Ateneu*, Raul Pompeia
38. *Fábula de Polifemo e Galateia e outros poemas*, Góngora
39. *A vênus das peles*, Sacher-Masoch
40. *Escritos sobre arte*, Baudelaire
41. *Cântico dos cânticos*, [Salomão]
42. *Americanismo e fordismo*, Gramsci
43. *O princípio do Estado e outros ensaios*, Bakunin
44. *O gato preto e outros contos*, Poe
45. *História da província Santa Cruz*, Gandavo
46. *Balada dos enforcados e outros poemas*, Villon
47. *Sátiras, fábulas, aforismos e profecias*, Da Vinci
48. *O cego e outros contos*, D.H. Lawrence

49. *Rashômon e outros contos*, Akutagawa
50. *História da anarquia (vol. 1)*, Max Nettlau
51. *Imitação de Cristo*, Tomás de Kempis
52. *O casamento do Céu e do Inferno*, Blake
53. *Cartas a favor da escravidão*, Alencar
54. *Utopia Brasil*, Darcy Ribeiro
55. *Flossie, a Vênus de quinze anos*, [Swinburne]
56. *Teleny, ou o reverso da medalha*, [Wilde et al.]
57. *A filosofia na era trágica dos gregos*, Nietzsche
58. *No coração das trevas*, Conrad
59. *Viagem sentimental*, Sterne
60. *Arcana Cœlestia e Apocalipsis revelata*, Swedenborg
61. *Saga dos Volsungos*, Anônimo do séc. XIII
62. *Um anarquista e outros contos*, Conrad
63. *A monadologia e outros textos*, Leibniz
64. *Cultura estética e liberdade*, Schiller
65. *A pele do lobo e outras peças*, Artur Azevedo
66. *Poesia basca: das origens à Guerra Civil*
67. *Poesia catalã: das origens à Guerra Civil*
68. *Poesia espanhola: das origens à Guerra Civil*
69. *Poesia galega: das origens à Guerra Civil*
70. *O chamado de Cthulhu e outros contos*, H.P. Lovecraft
71. *O pequeno Zacarias, chamado Cinábrio*, E.T.A. Hoffmann
72. *Tratados da terra e gente do Brasil*, Fernão Cardim
73. *Entre camponeses*, Malatesta
74. *O Rabi de Bacherach*, Heine
75. *Bom Crioulo*, Adolfo Caminha
76. *Um gato indiscreto e outros contos*, Saki
77. *Viagem em volta do meu quarto*, Xavier de Maistre
78. *Hawthorne e seus musgos*, Melville
79. *A metamorfose*, Kafka
80. *Ode ao Vento Oeste e outros poemas*, Shelley
81. *Oração aos moços*, Rui Barbosa
82. *Feitiço de amor e outros contos*, Ludwig Tieck
83. *O corno de si próprio e outros contos*, Sade
84. *Investigação sobre o entendimento humano*, Hume
85. *Sobre os sonhos e outros diálogos*, Borges | Osvaldo Ferrari
86. *Sobre a filosofia e outros diálogos*, Borges | Osvaldo Ferrari
87. *Sobre a amizade e outros diálogos*, Borges | Osvaldo Ferrari
88. *A voz dos botequins e outros poemas*, Verlaine
89. *Gente de Hemsö*, Strindberg
90. *Senhorita Júlia e outras peças*, Strindberg
91. *Correspondência*, Goethe | Schiller
92. *Índice das coisas mais notáveis*, Vieira
93. *Tratado descritivo do Brasil em 1587*, Gabriel Soares de Sousa
94. *Poemas da cabana montanhesa*, Saigyô
95. *Autobiografia de uma pulga*, [Stanislas de Rhodes]
96. *A volta do parafuso*, Henry James
97. *Ode sobre a melancolia e outros poemas*, Keats
98. *Teatro de êxtase*, Pessoa
99. *Carmilla — A vampira de Karnstein*, Sheridan Le Fanu

100. *Pensamento político de Maquiavel*, Fichte
101. *Inferno*, Strindberg
102. *Contos clássicos de vampiro*, Byron, Stoker e outros
103. *O primeiro Hamlet*, Shakespeare
104. *Noites egípcias e outros contos*, Púchkin
105. *A carteira de meu tio*, Macedo
106. *O desertor*, Silva Alvarenga
107. *Jerusalém*, Blake
108. *As bacantes*, Eurípides
109. *Emília Galotti*, Lessing
110. *Contos húngaros*, Kosztolányi, Karinthy, Csáth e Krúdy
111. *A sombra de Innsmouth*, H.P. Lovecraft
112. *Viagem aos Estados Unidos*, Tocqueville
113. *Émile e Sophie ou os solitários*, Rousseau
114. *Manifesto comunista*, Marx e Engels
115. *A fábrica de robôs*, Karel Tchápek
116. *Sobre a filosofia e seu método — Parerga e paralipomena (v. II, t. I)*, Schopenhauer
117. *O novo Epicuro: as delícias do sexo*, Edward Sellon
118. *Revolução e liberdade: cartas de 1845 a 1875*, Bakunin
119. *Sobre a liberdade*, Mill
120. *A velha Izerguil e outros contos*, Górki
121. *Pequeno-burgueses*, Górki
122. *Um sussurro nas trevas*, H.P. Lovecraft
123. *Primeiro livro dos Amores*, Ovídio
124. *Educação e sociologia*, Durkheim
125. *Elixir do pajé — poemas de humor, sátira e escatologia*, Bernardo Guimarães
126. *A nostálgica e outros contos*, Papadiamántis
127. *Lisístrata*, Aristófanes
128. *A cruzada das crianças/ Vidas imaginárias*, Marcel Schwob
129. *O livro de Monelle*, Marcel Schwob
130. *A última folha e outros contos*, O. Henry
131. *Romanceiro cigano*, Lorca
132. *Sobre o riso e a loucura*, [Hipócrates]
133. *Hino a Afrodite e outros poemas*, Safo de Lesbos
134. *Anarquia pela educação*, Élisée Reclus
135. *Ernestine ou o nascimento do amor*, Stendhal
136. *A cor que caiu do espaço*, H.P. Lovecraft
137. *Odisseia*, Homero
138. *O estranho caso do Dr. Jekyll e Mr. Hyde*, Stevenson
139. *História da anarquia (vol. 2)*, Max Nettlau
140. *Eu*, Augusto dos Anjos
141. *Farsa de Inês Pereira*, Gil Vicente
142. *Sobre a ética — Parerga e paralipomena (v. II, t. II)*, Schopenhauer
143. *Contos de amor, de loucura e de morte*, Horacio Quiroga
144. *Memórias do subsolo*, Dostoiévski

Edição	Bruno Costa
Coedição	Iuri Pereira e Jorge Sallum
Capa e projeto gráfico	Júlio Dui e Renan Costa Lima
Imagem de capa	Detalhe de *Nachtmahr* (1802), de Johann Heinrich Füssli
Programação em LaTeX	Marcelo Freitas
Preparação	Marta Chiarelli
Revisão	Bruno Costa
Assistência editorial	Bruno Oliveira
Colofão	Adverte-se aos curiosos que se imprimiu esta obra em nossas oficinas em 10 de abril de 2013, em papel off-set 90 g/m², composta em tipologia Minion Pro, em GNU/Linux (Gentoo, Sabayon e Ubuntu), com os softwares livres LaTeX, DeTeX, vim, Evince, Pdftk, Aspell, svn e trac.